小学館文庫

ひなた弁当

山本甲士

小学館

目次

ひなた弁当 5
あとがき 314

1

風はあまりないが少し肌寒い午後だった。昨日は三月後半にしては初夏を思わせる強い陽射しだったのだが、日曜日の今日は朝から曇り空で、気温もぐっと下がっていた。

加江瀬《かえせ》市民球場の観客席に、人はほとんどいなかった。かろうじて一塁側と三塁側のベンチ周辺に数人ずつの中年男たちが座っており、「かっとばせよーっ」「無理、無理」「ナイスローッ、間に合わなかったけど」などと無責任な野次《やじ》を飛ばしている。試合をしているのも、審判をやっているのも、見物をしているのも、みんな株式会社王崎《おうさき》ホームの社員たちである。女性社員の姿はなく、男ばかり。応援している者たちは、試合後の打ち上げだけに参加しようという魂胆《こんたん》である。会社から補助が出るので、飲み代が安く上がるのだ。

試合に出ているのは若い社員が多いのだが、中には若いときに野球の経験がある五十歳以上の者もいる。先発投手としてマウンドに上がった営業第二課課長補佐の芦溝《あしみぞ》良郎《よしろう》は、チームの中では上から四番目に高齢の四十九歳だった。

相手チームの先頭打者が外角にそれたボール球に手を出して空振り三振したところで、良郎は振り返ってスコアボードを見た。自然とため息が出る。

六回を終わったところまでの点数は、先攻の金田《かねだ》チームが10点、後攻の畑田《はただ》チームが8点。どちらもピッチャーが直球しか投げられないので、乱打線の様相である。一応、試合は七回までということになっているが、同点だったら延長戦に突入する。

金田チームというのは金田常務、畑田チームは畑田総務部長の名前から取っている。メンバー構成は、試合前のくじ引き次第なので、どこのポジションを守るか、打順をどうするかといったことも、試合直前に適当に決まる。ユニフォームもなく、みんな自前のジャージ。さすがに金属バットや打者用のヘルメットなどは会社の補助で買ったものがあるし、グローブぐらいはみんな持参しているが、スパイクを持っておらずスニーカーをはいている者もいる。〔株式会社王崎ホーム社内親睦《しんぼく》野球大会〕と銘打ってはいるが、実際のところはただの草野球である。

この日、良郎は畑田チームの先発ピッチャーで、打順は六番だった。他のメンバーよりもコントロールがましだという理由で先発かリリーフで投げることが多い。

金田チームを率いる金田常務は、かつて高校球児だったとかで、確かにときおりいい動きを見せることがある。この野球大会が五年前に始まったのも、金田常務の発案によってである。

　一方の畑田チームのリーダー、畑田総務部長は、元気はあるのだがエラーが多い。金田常務は野球が好きでやっているが、畑田総務部長の方は、他にチームを率いる会社幹部がいないため、総務部の長という立場から仕方なく引き受けている、という感じである。だから、この野球大会は年に二回、春と秋に開催されているのだが、金田チームは常に存在し、もう一つのチームは総務部長が変わればチーム名も変わるのが慣例となっている。

　良郎自身も、さほど野球経験があるわけではなかった。小学校のときに野球クラブに入っていた他は、高校生のときに一時期、不良グループから強要されてバッティングピッチャーを何度かやらされたことがある程度だった。だが、チームの中ではたいがい、中の上、程度の働きはしている。

　さきほどから腰痛がひどくなっていた。良郎は、二番手の打者が初球を振り、後方にそれるファウルになったのを確かめたところで、何度も上体をひねったりそらせたりした。しかし鈍痛は治まらない。

　腰痛に見舞われるようになったのは四十代の半ばぐらいからで、一時期は鍼灸《しんきゅう》やカイロプラクティックの治療院に通ったりもしたのだが、あまり効果は上がらず、仕事が忙しいこともあって、やがて足が遠のいた。痛みは年を取るたびに少しずつ、確実にひどくなってきているような気がする。

太ったせいだろうな、と思う。二十代の頃と比べると、体重はいつの間にか二十キロ近く増えてしまい、雪だるまみたいなずんぐり体型になってしまっている。身体じゅうに付着している脂肪が腰に負担をかけているのは間違いない。

二番手の打者は結局ピッチャーフライを打ち上げ、良郎はほとんど動かずに捕球した。これでツーアウト。延長戦にならなければ、あと一人でお役ご免である。

三番手として、金田常務が打席に立った。金田常務だけは一昔前のタイガース風のユニフォームを着ている。長身で、腹も出ていないので、そこそこさまになっている。

良郎が振り返って外野を見ると、ライトを守っている畑田総務部長の守備位置が少し浅いようだったので、「ライト、もう少しバック」と声をかけながら、下がるようにというゼスチャーをした。金田常務は右打ちだが、年の割には外野に流し打ちを飛ばすことが多いからだった。

しかし、畑田総務部長はほおがたるんだ赤ら顔をぶすっとさせて「飛ばないよ」と大声で言い返すのみで、指示に従ってはくれなかった。相手が相手だけに、良郎もそれ以上強い態度に出ることはできず、苦笑いでうなずくしかなかった。良郎は、もともと誰に対しても強く出られない性格である。

一球目は胸もと近くの高めに決まったと思ったが、判定はボールだった。二球目は真ん中に入ってしまい、しまったと思ったが、金田常務が打ち損じてくれて、右にそれるファウルとなった。

　三球目、やや低めの真ん中に投げた球を金田常務が打ち返した。強い打球ではないが、ファーストの頭上を大きく越えて意外と深く飛んで行く。ただしコースはファウルかフェアか、微妙な線だった。

「ライトッ」

　良郎はすかさず指示を出したが、腹がでっぷりと出ている畑田総務部長の動きは見事なまでに鈍い。会社では声が大きくて、てきぱきと仕事をこなしている人らしいのだが、野球に関しては完全に素人《しろうと》で、転びそうな感じでよたよたと走っている。

　畑田総務部長がとうとう足をもつれさせた。あーっと思ったが、軟式ボールはファウルラインの外側に落ちてくれた。

　良郎はため息をもらした。

　だが、フェアだと思い込んでいるのか、金田常務は「ランニングホームラン、いただきっ」と言いながらファーストベースを蹴って二塁へと向かっていた。

「ファウルですよ、ファウル」

　良郎が声をかけると、金田常務が立ち止まった。

「うそ」

「本当です」

金田常務が険しい顔で見ている。良郎は冷や汗が出るのを感じた。

「フェアだったろ？」

しかし一塁の塁審が「ファウル」と返事をしたので、金田常務はがっかりしたような表情でゆっくりと打席の方に戻って行った。

金田常務が再び右の打席に立って構えた。

どうしようか。打たせるか。

良郎はグローブの中でボールを握る位置を確かめながら、迷った。

幹部を相手に投げるとき、勝敗にかかわらない程度にわざと打たれるということは、何度となくやってきた。ゴルフでわざと負けたり、麻雀《マージャン》でわざと振り込んだりするのと似たようなものである。もちろん、露骨にやるとかえって相手を不快にさせてしまうので、あくまで真剣に勝負した、と思わせるようにしなければならない。

金田常務は内角のやや高めに強い。そこに投げたら、ヒットを打つだろう。

その後の打者を仕留めれば、チームの勝敗には影響しない。

よし。だが、遅い球だと意図がばれてしまうかもしれないので、そこそこは速い球でないといけないな。良郎は方針を決めて、セットポジションに入った。振りかぶって投げるとコントロールが定まらなくなることが多いので、ランナーがいなくても良郎はいつもセットポジションから投げるようにしている。

投げた瞬間、手が滑ったことにすぐ気づいた。しまった、ロージンバッグを触っておくべきだったと思ったときはもう遅かった。

次の瞬間、全身が凍りついた。

ボールは狙ったコースよりも大きく右上方向にそれた。構えている金田常務の頭部目がけて、吸い寄せられるかのように飛んで行く。気づいた金田常務が首をすくめる。まるでスローモーションのように見えた。

ボールは、金田常務がかぶっているヘルメットの上部分に命中した。コーンという間《ま》の抜けた音と共に、ボールが上に跳ね返った。

金田常務がバットを投げ出して尻餅《しりもち》をついた。

もちろん良郎は真っ先に走り出していた。足を踏み出したときに、腰痛が脳天まで響いたが、立ち止まらずにそのまま駆け寄った。

そのときになぜか、小学三年生のときのことを思い出した。遠足で急な山道を下っているときに、バランスを崩して転んでしまい、前にいた女の子を巻き添えにしてしまったときのことだった。みんなが騒ぎ、やって来た女の先生から怒鳴られてほっぺたを叩かれ、その日の夕方に女の子のお母さんが家に怒鳴り込んで来た。女の子は顔をすりむき、他の女の子たちから良郎は完全に悪者にされた。わざとじゃない、と抗弁するべきだったのかもしれないが、できなかった。良郎はそれからしばらくの間、夜尿症が続いた。

「大丈夫ですか」

かがみ込んでそう尋ねると、金田常務が顔をしかめてうなずいた。

みんなも集まって来た。相手チームの誰かが怖い顔で何か言っている。だが良郎には、よく聞こえなかった。頭の中で、子供時代の喧噪《けんそう》がわんわんと鳴り響いていた。


幸い、金田常務はみんなに抱えられる形ですぐに起き上がり、「大丈夫、大丈夫」と苦笑いして手を振った。他の社員たちが「大丈夫ですか」を繰り返し、良郎は何度も「申し訳ありません」と声をかけた。金田常務は「ただのアクシデントだから気にしなくていいって。当たったといっても、そんなに強くじゃなかったから」と、良郎に向かって、片手を振った。

「でも常務」と、畑田総務部長が良郎を冷たく見すえてから言った。「一応、医者に診《み》てもらった方がいいんじゃないですか。ヘルメットをしてたといっても、頭に当たったわけですから」

他の者の中からも「そうですよ、今は異状がなくても、もしかしたらっていうこともありますから」「うん、診察だけは受けた方がいい」という声が上がった。中には、

「救急車を呼びましょうか」と言う者までいたが、金田常務が「いらないよ、そんなの。何を大袈裟《おおげさ》なこと言ってんだ」と大きな声を出したので、場が急にしんとなった。

「ほら、見ろって」金田常務はヘルメットを外して、片手で頭頂部を軽くなでた。「何ともなってないだろ？　軟球がちょっと当たったぐらいで大騒ぎをするなって。さ、続けるぞ」

金田常務は強い口調でそう言い、主審に「デッドボールだよな」と確認し、主審があわてて「デッドボール」と宣告したのを聞いて軽くうなずき、一塁へと向かった。

良郎は、その途中で駆け寄って、「常務、すみませんでした」と頭を下げた。草野球ではいつも顔を合わせているので常務から名前は覚えてもらっているが、仕事ではめったに話ができる相手ではない。その相手にボールをぶつけてしまったという自覚からか、良郎の声は震えを帯びていた。

「いや、気にしなくていいから。これぐらいのことでどうにかなる身体じゃないつもりだよ。だから、この件は終わりだ。もう言うな」

「は、はい」

「さあ、続きをやろう」

見た限り、金田常務はそんなに機嫌が悪そうではなかった。

ああよかった、これで済んで。

良郎はほっと胸をなで下ろしながら、もう一度頭を下げてマウンドへと戻った。

試合は結局、10対8のまま終わり、金田チームの勝ちとなった。

一同はロッカールームで着替えを済ませ、タクシー数台を呼んで、あらかじめ予約してあった居酒屋へと移動した。社内親睦野球大会の後にいつも利用している店で、まだ明るい時間帯から特別に開けてもらっている。この日は応援に来た社員も含めて、約三十人が参加した。

みんなにビールのジョッキが行き渡り、畑田総務部長がまず「えー、株式会社王崎ホーム社内親睦野球大会、みなさんお疲れさまでございました」と切り出して試合結果をおさらいする言葉を簡単に口にしてから、金田常務に乾杯の音頭を頼んだ。金田常務はいつもの要領で、「身体を動かした後はビールが旨《うま》い。今日は仕事の話はなしだぞ、いいな」とみんなに釘を刺してから、乾杯となった。

案の定、すぐに金田常務へのデッドボールが話題の中心になった。畑田総務部長が「常務、本当に大丈夫なんですか。若いもんの前でやせ我慢してるんじゃないんですか」と軽口を叩《たた》き、金田常務は「何言ってんだよ、あんたの方こそ、その体型だ、明日筋肉痛がひどくて会社休むんじゃないのか」と言い返して周りの社員たちがどっとお世辞笑いをした。

　良郎が串物の皿に手を伸ばそうとしたとき、左隣に座っている宅地取得課の古賀《こが》課長が「芦溝さん、あらためて謝っておいた方がいいんじゃないの？　金田常務に」と小声で言ってきた。古賀課長とは同期入社なので、同じセクションで働いたことはないものの、互いによく知っている。古賀課長はほとんど野球経験がなく、上手《うま》くもないし好きでもなさそうなのだが、他のほとんどのメンバーと同じく、金田常務や総務部長ら幹部とお近づきになっておいて損はない、という考えから参加しているようだった。彼は今日は試合のメンバーではなく、三塁の塁審をやっていた。

「いや、それが……」良郎も小声で応じた。「常務から、もうそのことは言うなって釘を刺されたんですよ」

　古賀に対して敬語を使うようになったのは、彼が課長に昇進した二年前からである。

「いつ？」と古賀課長が聞き返した。

「ロッカールームで着替えているときに。わざとやったわけじゃないんだから、いつまでもそんなことを気にするのはおかしい、だから君ももう言うなって、ちょっと怖い顔で睨《にら》まれました」

　そのときのことを思い出し、良郎は背中やわきに冷や汗がしみ出るのを感じた。良郎は身長が百六十センチしかないので、百八十ちょっとある金田常務から怖い顔で見下ろされると、教師に叱《しか》られる生徒になったような気分である。

「ふーん、そうか」古賀課長は、良郎が狙っていた砂肝の串を取って口にした。「まあ、それならいいか」

　砂肝はもう皿になかった。良郎は仕方なく、豚バラの串を取った。

「ところで、仕事の方はどう？」と古賀課長が話題を変えた。「今は主に、どういうところを回ってるの？」

「小さな畑を持ってる郊外の民家を回ってコーポを建てる提案をしたり、住宅展示場に来てくれたお客さんに建て売り住宅の情報を持って行ったりしています。ここ数年の間に、飛び込みの仕事がかなり増えました」

「きついだろうね」

「ええ。この不景気ですからね、話は聞いてもらえても、態度を保留する人ばっかりで、きついっすね」

　良郎は、課長補佐という管理職名がついているが、実際には一営業担当者に過ぎない。王崎ホームの課長補佐とは、名刺にそういう肩書きがあった方が顧客の信頼を得やすいから、という程度の意味合いしかないのである。

「だろうね」と古賀課長はうなずいた。「こっちも、土地を売ってくれって、頭下げて回る仕事だから、つらさは判《わか》るよ。でも芦溝さん、ときどき契約をまとめてるようじゃないの」

「まあ……お陰様で」

「でも君が営業畑にずっといるっていうのは、何だか意外だよ」

「そうですか」

「だってさ」古賀課長は少し意地悪そうな目でにたっとなり、ビールを飲んだ。「こう言っちゃ何だけど、君って、どこかこう、おどおどしてるっていうか、自信がなさそうっていうか、そういうところがあるじゃない」

「はあ」

確かにそのとおりなので、否定するつもりはなかった。古賀課長だけでなく、さまざまな人から指摘され続けてきたことである。

「普通、営業っていうのは、押しが強いタイプじゃないと勤まらないはずなんだけど、君って不思議だよね。一応、数字は出してるんだろ、そこそこは」

「いえいえ、自慢できるほどではありませんよ」

「でも、クビになるほど悪い成績じゃないだろ」

「ええ、多分……」

「どんな手を使うわけ？　泣き脅しみたいにするの？」

古賀課長の顔を見た。小馬鹿にしているわけではなく、本当に仕事のやり方について知りたそうな感じだった。

「契約してもらえるか、もらえないかは別にして、お客さんと親しく話をすることは心がけてます。その程度ですけどね」

「それだけ?」

「はい」

古賀課長は良郎の顔をまじまじと見て、「ふーん」と曖昧《あいまい》にうなずいた後、向こう隣にいる販売促進課の若い社員と話を始めた。

良郎には営業のテクニックなど何もなかった。とにかく、相手が怒り出したりするのが怖いので、そうならないように気をつけるだけのことである。だから、顧客が飼っている犬をほめたのをきっかけに犬の話ばかりになったり、高齢の顧客から昔の自慢話を延々と聞かされたり、知らない他人の悪口にうなずいたり、といったことばかりで、仕事の話ができないまま終わってしまうことはしょっちゅうである。しかし、中にはそういう良郎の態度を気に入ってくれて、ある日突然電話がかかってきて仕事の話をさせてもらえる、ということもある。中には、「あんたのおどおどした顔を見てたら何だかかわいそうになって」と笑いながら建て売り住宅の購入を決めてくれた人もいた。

不意に肩を叩かれたので見ると、畑田総務部長が古賀課長と反対側の隣に座って来た。その席にいた営業第一課の社員は、さきほどトイレに立ったはずだった。

「あ、これはどうも」

何だろうかと良郎が身構えていると、畑田総務部長はしばらく良郎をじっと見てから口を開いた。

「君、金田常務には、あらためて謝っておいた方がいいぞ」

一瞬、畑田総務部長が転んだ場面がよみがえった。この人がちゃんと指示に従ってもう少し深く守っていたら、あのファウルを捕球できたかもしれないのだ。となれば、その後のデッドボールもなかったのに……。

「あの、それなんですが……」

良郎はそう前置きして、さきほど古賀課長に言ったのと同じ内容の説明をした。

「そりゃ、そう言うさ」畑田総務部長は顔をしかめ、小さくげっぷをした。その息がかすかに良郎の顔にかかった。「あの人も多くの部下を持つ立場なんだから。でも、君が投げたボールが当たったことは事実だろう。たとえへなへなボールでも、だ」

「はい、それは確かにそうです」

良郎はあわててうなずく。手に持っていたジョッキも座卓の上に置いた。

「申し訳ないことをした、すみませんでしたっていう、気持ちはちゃんと伝えておいた方がいいぞ。こういうのって案外、尾を引いたりするものなんだから」

「はあ……」

「要するに、何らかの方法で気遣いは見せておけってことだよ。何しろ相手は社員が六百人いる会社の常務なんだから。当てちゃったぁ、すみませーんって、それで済ませていいことじゃないだろ」

畑田総務部長からきつい視線を向けられて、良郎は胃がきりりと痛むのを感じた。同時に腰の鈍痛もよみがえってきた。

「ええと、例えば……」

「例えば、この店を出るときにさ、常務の靴をそろえてあげるとか、タクシーを呼びましょうかと聞くとか。いくらでもあるだろう。常務がトイレに行っている間におしぼりをもらっておいて、帰って来たときに差し出すっていうのもいいだろうし」

「ああ、なるほど」

「君もいい年なんだから、ちっとは自分の頭でそういうことぐらい、考えろよ」畑田総務部長は舌打ちをしながら腰を浮かせた。

「はい、すみません」

その後は食欲も飲む気も失《う》せてしまい、良郎はビールをちびちびと一人で飲むことになった。古賀課長と反対側の隣にいた社員はよそに移動してしまい、空いたままだった。

一時間ほどでお開きになった。みんなが席を立ったときに、良郎は真っ先に金田常務の靴をそろえようとしたのだが、下駄箱に並んでいる靴の中でどれが金田常務のかが判らず、おたおたしている間に金田常務は自身のウォーキングシューズを取り出してしまった。

良郎は第二の作戦を実行することにし、「金田常務、タクシーが必要なら呼びますが」と申し出た。

金田常務はじろっと良郎を見下ろした。

「いらんよ、そんなもの。私に気を遣うなと言ってるだろう。君、いい加減にしたまえ」

良郎は全身に電流を流されたような感覚に陥って硬直し、金田常務の後ろ姿を見送るしかなかった。

2

翌朝の通勤バスの座席で、良郎は何度もあくびをかみ殺していた。乗客はいつもどおり、ぎゅうぎゅう詰めというほどではないのだが、乗客の半分ぐらいは座ることができず、吊革《つりかわ》や手すりをつかんでいた。この日の良郎は、幸運にも車両の真ん中あたりの席に座ることができた。これまでの体験からして、座れるのは三回に一回ぐらいの確率である。

バスの窓から外を見た。空は昨日と同じく曇っていたが、雨が降りそうな気配はない。

昨夜は金田常務のことや、畑田総務部長から言われたことが気になって、なかなか眠れなかった。

腰痛のせいもあった。ここ数年は、あお向けになったまま眠ることができず、何度も左右に寝返りを打ちながら何とか眠りにつく、という感じである。昨夜は寝返りの数もいつもよりかなり多かったように思う。

会社のお偉《えら》いさんに睨まれてしまった。金田常務は二代目社長とも親密な関係で、副社長や専務よりも発言力を持っている、と言われている。畑田総務部長も、二代目社長、金田常務のラインにいる人物で、もうすぐ取締役の肩書きがつくだろうと噂《うわさ》されている。

少しでも顔と名前を覚えてもらって、お近づきになって、という下心も確かにあって社内親睦野球大会に参加し続けてきたのだが、会社のみんなとスポーツをすることで良好な人間関係を作ることができれば、という考えも間違いなく持っていた。その意味では、よこしまな気持ちばかりで参加していたわけではない。

どうして自分はこうもどんくさいのか……。

八年前に課長補佐になって受けた研修合宿でのことを思い出した。

気が弱い。要領が悪い。他人から安く見られやすい。はっきりした態度をなかなか取れず、他人をいらいらさせることがある。頭が悪そうに見える……研修中、自分の欠点を用紙に列挙するよう言われて、思いつくままそんなことを書いた。そしてその次に、欠点を克服するために何をするべきかを書かされ、頭を抱えてあれこれ考えた末に、気が強い自分、要領がいい自分を思い浮かべて自己暗示をかける、といったことを書いた。すると研修を請け負っている自己啓発セミナーの教官から「そういう努力を日々やっているのか」「欠点は見方によっては長所にもなるということを考えたことはないのか」などと問いつめられて、「申し訳ありません、やってませんでした」「そういうことには気づきませんでした」「自分は怠《なま》けていたと思います」といった返答と共に何度も頭を下げる羽目になった。

幸い、その後ああいった研修は受けなくて済んでいる。課長になればまた新課長ばかりが集められて似たような研修を受けることになっているようだが、退職までに課長になれる可能性はかなり低いだろう。他に、ばりばり仕事をやっている若い課長補佐がいくらでもおり、自分のようなタイプの人間が選ばれることは考えにくい。

研修後も欠点はそのままだった。変わる気があるのかと聞かれたら、ないとは言えないが、あると言い切る自信もない。毎日外回りをして、ほとんどの顧客からは相手にもしてもらえず、やっと話を聞いてもらえても契約にこぎつけることはまずない。ときには理不尽に怒鳴られて追い返されたりもするし、成績が上がらないと上司からみんなの前でののしられる。仕事が終わって帰社すれば、契約を取れなかった理由についてレポートを書かなければならず、残業代ももらえない。家に帰れば娘の真美《まみ》がいつも不機嫌そうにしていて話しかけてもろくに返事もしない。妻の康世《やすよ》からは、給料が安いだの出費がかさんでやりくりが大変だのと文句を言われる。既にもう、いっぱいいっぱいで、この上さらに自己啓発だの自己変革だのという意欲なんて、とても湧《わ》いてこない。

久しぶりに座ってバスの揺れに身を任せていたせいか、いつの間にかうとうととしていたようだった。降車する停留所である加江瀬駅バスセンターの名称がアナウンスされて身体がびくんとなり、目が覚めた。バスに乗っている時間は三十分程度なのだが、二十分間以上、意識がなくなっていたようだった。

口からだらしなくよだれが垂れて、スラックスに染みを作っていた。あわてて片手で口もとをぬぐった。

誰かに見られていなかっただろうか。良郎が視線を上げて見回すと、目の前に立っていた一人の男性と目が合った。細身で頬骨やえらが目立つ、神経質そうな顔。縮れた白髪《しらが》混じりの髪形。眉間《みけん》にしわを寄せて睨んでいる。

あ。やば……。

心臓が急に激しく拍動し始めた。なのに貧血を起こしそうな気分だった。

吊革を持って立っていたのは、自分が所属する営業部の久米《くめ》部長だった。


その久米部長から良郎の携帯に、午後一時に第一小会議室に来るようにとの連絡があったのは、良郎が王崎ホームの社屋に出勤し、外回りに出かけてすぐだった。「どういったお話でしょうか」と聞き返しても、とにかく来るように、とのことだった。

午後一時、社屋に戻った良郎は、第一小会議室がある三階の廊下を歩きながら、今朝の居眠りについて叱《しか》られるんだろうか、それとも別の何かだろうかと不安を募らせていた。

あのときは、バスを降りてすぐ久米部長に「あの、不格好なところをお見せしてしまいまして、申し訳ございません。部長がおられると気づいていたら、席をお譲りしたのですが」と謝った。すると久米部長は意外にも、「いやいや、誰でも疲れてるときはあるからね」と言うだけで、特に怒っている感じではなかった。

久米部長は普段、良郎よりも遅い便のバスに乗るので通勤中に会うことはめったにない。今朝同じバスになったのはたまたまだろう。まさか、通勤中の部下の様子を観察して、勤務評価をしようというわけでもあるまい。

もしかして、課長昇進の話だったりして。他に仕事ができる課長補佐はいくらでもいるだろうが、上の人たちや人事部が自分のいいところを認めてくれた、ということかも。

いや、そんな甘い考えでいたら駄目だ。全然関係のない用件だと知ったときに落胆することになる。ここは平常心、平常心。

しかし、冷静でいようと考え始めると、かえってさまざまなことが頭をよぎる。

今朝のことも含めて、日頃から君はだらしないぞ、どういうつもりだと叱られるだけかもしれない。

あるいは、昨日の金田常務の一件が早くも久米部長の耳にも入っていて、いろいろ聞かれた上で説教されるのではないか。

そうするうちに第一小会議室の前に来てしまった。急に尿意を催《もよお》したが、部長を待たせるのは得策ではない。しばらく我慢することにして、ドアをノックした。

内側から「はい」という返事があり、良郎はドアを引きながら「失礼します」と言って中に入り、一礼した。

ロの字型に並べられた長机の奥に久米部長一人が座っていた。書類などは何も置かれていない。久米部長が片手で「そっちに座ってくれ」と、向かい側を片手で示したので、良郎は「はい」とうなずいて椅子を引いた。久米部長とは二メートルほどの距離を置いて向き合う形になった。

久米部長は口もとを少し緩めていたが、目は全く笑っていなかった。良郎の心臓の鼓動が、また速くなってきた。

「まあ、堅くならないで聞いてくれ」久米部長は無理な注文をつけてから何秒か間《ま》を取り、「桜がそろそろ満開だね」と言った。

「あー、そうですね、はい」

良郎はできるだけにこやかな表情を意識してうなずいた。

「昨日は野球、やったんだろ。張り切り過ぎて疲れが残ってて、朝から居眠りだったのかね。あるいは打ち上げで飲み過ぎたのかな」

久米部長は相変わらず口もとを緩め、目つきは冷めたままだった。

「あー、いえ。単に寝不足気味だっただけでして……」

「まあ、そういうのは仕方ないが、よだれをたらす、というのはちょっといただけんな。他の人は、君がどこの会社の人間かまでは判《わか》らないが、だから構わないということにはならない。同じ居眠りをするにしても、最低限見苦しくないようにしないと。どこで誰が見ているか、判らないものだよ」

「はい、おっしゃるとおりです。申し訳ありませんでした」

「昨日は金田常務にボールをぶつけちゃったんだって?」

やっぱり知られていた。

「あ、はい……」

「誰にでもアクシデントというものはある。私も車を運転しているときに自転車に乗ったご婦人と接触事故を起こしたことがあるよ。しかし、君は何ていうか、普通の人よりも隙が多いような気がしてならん。そういう自覚はあるかね」

「はあ……」こういう場合は素直に認める方がいいのだろうか、それとも、そんなことはありません、という意気込みのようなものを見せるべきなのか……。

迷っている間に、久米部長が「まあ、自覚はあるだろうがね」と言ったので、良郎は申し訳なさそうな態度でうなずいた。

「これからする話は、別に昨日のことや今朝のこととは関係ないから、そのつもりで聞いてくれ」そう言った久米部長の顔からは、口もとだけの作り笑いが消えていた。

「実は昨年末頃から、部長以上の幹部で何度か会議を開いて、会社を建て直すために、段階的に人員削減を断行しようということになった」

「人員削減……」

良郎は間の抜けたオウム返しをした。頭の中で、人員削減って、リストラのことだよなと自分に聞き返した。

「会社の経常利益については君も知っているとおり、かなり深刻な状況だ。何とか黒字は出しているが、このままだと会社所有の不動産や株式を処分していかなければならない。世界的に景気が悪いのだから、仕方がないとも言えるし、我が社はそんな中でかなり頑張ってきた。こういうときにこそ、社員が力を合わせて壁を乗り越えるべきだと、個人的には思ってる。利益が上がりにくくなったからといって、簡単に社員を切る、なんていう安易な発想を支持するつもりはない」

「はい、そうですね」

良郎はすがるような気持ちで相づちを打った。

「しかし、上は人員削減の方針を固めてしまった。残念だが、私も組織で働く身だ、最後は従わざるを得なかった」久米部長の口調はどこか機械的だった。「決まったことは、我が社で働く者のうち、約百人に辞めてもらうということだ。内訳は、派遣社員が約三十人、正社員は約七十人。正社員は今年で満五十歳以上の課長職以下の人が対象だ」

良郎は念のため、自分自身の鼻先を人差し指でさして「私も対象、ということでしょうか」と聞いた。久米部長は、何を言っているんだ、だからこうやって話をしてるんだろう、という感じで、あっさりうなずく。

あと一年若ければリストラ対象にならなかったということ？　そんな……。

「だが心配するな、芦溝君」久米部長は眉間にしわを寄せたまま、頭を振った。「正社員の場合はすべて、ちゃんと再就職先を斡旋《あっせん》するつもりだから、路頭に迷う、というようなことはない。会社は当初、クビ切りだけをする方針だったんだが、私が猛反対してね、必ず再就職先を用意してやろう、ということになったんだよ。それと、退職金だが、出向に応じてくれたら給与十二か月分を上乗せすることを約束するよ」

それから先は、久米部長がしゃべっている内容が頭に入らなくなった。頭の中は真っ白で、それでいて何かが鳴り響いていて、殺風景な室内でなぜかぶーんという耳鳴りのような音が響いていて、引力から解放されてふわふわ浮いているようで、なのに奈落《ならく》の底に転落してゆくようだった。

出向辞令は四月一日付で出る予定だということで、三月の残り一週間ほどは有給休暇を取ることになった。わざわざ出勤したその日も、「少しでも熟慮する時間があった方がいいから」と言われ、追い返されるような形でそのまま帰宅する羽目になった。その他、久米部長からは、数日中にもう一度面接をして本人の最終確認を取るが、同意しないという態度は通じない、出向の基本方針は変わらないのでそのつもりで、と告げられた。

良郎はいつもと違ってがらがらのバスに乗り、停留所から数分の距離を歩いて帰宅した。

良郎の家は、国道沿いの新興住宅街の一角にある。会社のコネで十八年ほど前に入手した中古の二階建てで、ローンは完済したものの、屋根や壁の塗り替えだの、雨樋《あまどい》の修繕だのガス給湯器の故障だのといった、まとまった出費をしばしば強いられている。家に一台ある軽自動車も、十万キロ近く乗っているので、そろそろ買い換えを検討しなければならないし、カーポートのトタン屋根もところどころ割れているのでふき替える必要がある。

玄関ドアを開けたときに、妻の康世と鉢合わせした。スーパーのパート仕事に出かけるところだったらしい。康世のパート時間はときどき変わるようで、朝から出かけることもあるが、だいたいは午後から夕方までである。

「どうしたの？」と康世から怪訝《けげん》そうに聞かれ、良郎はドアを閉めてからその場で、今日あったことを話した。

唖然《あぜん》とした表情で聞いていた康世は、いったん腕時計を見てから、「それって、一大事じゃないの」と言った。

「ああ、まあ、そういうことになるね」

「なのに、何笑ってるのよ、あなた」

康世は苛立《いらだ》たしそうに眉根を寄せた。結婚前には想像したこともない怖い顔だった。少し張っているえらの周りの筋肉が隆起していた。

「いやいや、笑ってるわけじゃないって」良郎はあわてて左手を振った。「あまり深刻な感じにならないようにと思って、こういう顔をしてるだけで」

康世はもう一度腕時計を見てから、「それで、どうするつもりなの？」と聞いた。

「どうするかは、まだ判らないけど……それを相談しようと思ったから、こうやって話をしてるわけで……」

「労働基準法とか、そういうこと私よく判らないけど、拒否する権利はあるんじゃないの？」

「うーん、まあ、権利はあるかもしれないけど……ただ、仮にごね倒して会社に残ったとして、その後どうなるかっていう問題が……」

「……そうね、確かに」

康世は顔をしかめてうなずいた。上司から露骨にいじめられたり、全く経験のない仕事に配置転換させられたり、研修名目で屈辱的な目に遭《あ》わされたり、体調を壊すまで無茶な残業をさせられたり……具体的に説明しなくても、康世もそれぐらいの想像はつくようだった。

「とにかく、夜にもっかい、話聞くわ」康世は我に返ったようにすり切れたスニーカーに足を突っ込み、指を靴べら代わりにして履いた。「それと、真美には内緒にしといてね」

「何で？」

「何でって、浪人中のあの子に余計な心配かけたらよくないじゃないの」

二人いる娘のうち、長女の栄美《えみ》は大学二年生で現在首都圏のアパートに下宿しているが、真美は先日、大学受験に失敗し、浪人することになった。良郎も康世も、地元の短大を受験してはどうかと何度か促《うなが》してみたのだが、栄美のように都心で一人暮らしをしたいからなのか、真美は聞き入れなかった。

真美のきつい目線や、すぐに「うるさい」「黙れ」などと悪態をつくところが頭に浮かび、あいつが父親のことを心配するとは思えないけど、と口にしそうになったが、飲み込んだ。康世が言いたいのは、家計が苦しくなったら進学できるかどうかの心配をしなければならない、という意味なのだろうと気づいたからだった。

「ああ、判った」良郎はうなずき、康世の肩越しに奥の様子を窺《うかが》った。「ええと、真美は、今は……」

「とっくに予備校行ってるわよ。でも、休講とか試験とかで授業が早く終わる日があるから、家にいてもらったらちょっとまずいのよね」

「おいおい、それはないだろう。夜までどこかでぶらぶらしてろって言うのか」

「だって、お父さんが家にいたら真美だっておかしいって気づくじゃないの」

「有給休暇を取ることにしたって言えば大丈夫じゃないか」

康世は少し考えるような感じで黙っていたけれど、きっぱりと頭を振った。

「やっぱり駄目。今まで有給なんか取ってなかった人が急に何日も取るなんて、不自然過ぎるから。ご近所からも、いろいろ詮索《せんさく》されるし、かなわないわ、そんなの」


結局、康世に押し切られてしまい、家には入れてもらえず、良郎はとりあえず自転車で市立図書館に行った。軽自動車は基本的に康世が使用しており、良郎はめったに運転をしない。

市立図書館に行くことにしたのは、特に何かをしようというわけでもなく、時間を潰《つぶ》す場所として他に思いつかなかったからだったが、川沿いの遊歩道でペダルを漕ぎながら、突然の出向命令に対してどう対処すればいいのか、いくつかの文献に当たってみればいいかもしれないなと気づいた。

十五分ほど走って市立図書館に到着したが、閉まっていた。そういえば、こういう施設は月曜日が休館なのだと思い出し、ため息をついた。

仕方なく、近くにある芝生広場のベンチに座ってちょっと休憩しようと思い、自転車を押しているときに、スーツの内ポケットに入れてある携帯電話が振動した。

取り出して画面を見ると、直属の上司である池上《いけがみ》課長からだった。鬼瓦《おにがわら》みたいないかつい顔や怒気を含んだ感じのだみ声を思い出し、出るべきかどうか一瞬ためらった。良郎は何度か、他の社員の前で池上課長からこっぴどく叱責《しっせき》されたことがあり、普段の態度からしてもどうも嫌われているようで、この上司とは正直なところあまり良好な関係とはいえない。

そういえば今日は池上課長の姿を朝から見ていなかった。社員の予定を記入するホワイトボードによると、池上課長は午前中は〔会議〕となっていた。何の会議かということまでは書かれておらず、午後のところには何の記入もなかった。

携帯電話がしつこく振動していた。出ないわけにもいかないか……。

自転車を停めて「はい、芦溝ですが」と応じると、池上課長が「出向しろと言われたのか」と聞いてきた。

「あ、はい」

「そのときのことを教えてもらえないか。久米部長から呼び出されたんだな」

「ええ……」

良郎はうなずき、今朝のことを説明した。

池上課長が大きく息を吐くのが聞こえた。

「私は朝一番だったよ」

「えっ、課長も、その……」

「ああ。突然こんなことになるとは……今どこにいる？　自宅かね」

「いえ、今は市立図書館の方におりまして……」

「どうして？　今日は月曜日だから市立図書館は休館だろう」

「ええ……あの……市立図書館の近くにいる、ということでして」

「どこかに出かけるところだったのか」

「ええ……あ、いや、でもたいした用事ではありません」

「あ、そう。できたらちょっと会って話をしないか。実は宅地取得課長の古賀さんからさきほど電話があって、情報交換しようと言われたんだ。君も来ないか」

「えっ、もしかして古賀課長も出向を命じられたんですか」

これは本当に大規模なリストラだ……大変だぁ……良郎は急に、ひざががくがくしてきて、その場にしゃがみ込みそうになった。

3

一時間後、王崎ホームの社屋から南に五百メートルほどのところにあるファミリーレストランで落ち合った。交通量が多い国道沿いで、JR加江瀬駅からも近い。

池上課長も古賀課長も既に来ており、向かい合う形でコーヒーを飲んでいた。当たり前のことだが、二人とも顔色がよくなかった。特に池上課長はいつもの威圧感がなく、別人のように弱々しい表情だった。

その二人から「やあ」と言われ、「どうも」と頭を下げる。良郎は、古賀課長の隣に腰を下ろし、同じくコーヒーを注文した。

いったん帰宅したのに着替えていないのは良郎だけだった。池上課長はゴルフシャツにジャケット、古賀課長はグレーのフリース地ブルゾンという格好だった。

「古賀さんがいろいろと情報を集めてくれたよ」と、池上課長が言った。「何人かの取締役や同僚、人事部の知り合いなんかに電話をかけて当たってくれたそうだ」

古賀課長が「はっきりとは教えてくれない人の方が多かったけど、ある程度のことはつかめたよ」と顔をしかめる。

「それによると、リストラ計画自体は本当だが、正社員を七十人も追い出す、というのは建前らしいんだ」

「は？」良郎は池上課長と古賀課長を交互に見た。「建前……」

「派遣社員を三十人切るのは間違いないが、正社員の方は、交渉次第で残れるかもしれない、ということだよ」と池上課長が答える。「考えてもみろよ、七十人分の再就職先をいっぺんに用意できると思うか？」

「王崎ホームには、塗装とか下水道工事とかの子会社が四つあるが」と古賀課長がつけ加える。「どこだって何人もの中途採用を受け入れる体力なんかない。その他の、うちの下請けをやってるいくつかの会社もしかり。人事部の知人によれば、実際には三十人から四十人ぐらいを辞めさせることができれば当面は目標達成とする方針らしい」

「ということは、残れる確率は二分の一ぐらい、ということですか」

「そういうこと」古賀課長が小さくうなずいた。「ただし、運だけで決まるわけじゃない。上が、こいつは残そうと考えた者は残れるだろうし、こいつは駄目だと目をつけたらもう無理だろう」

「社長、金田常務、畑田総務部長のラインは、専務派を追い出したいんだよ、要は」

と池上課長が言った。「会社の業績が右肩下がりで何とかしなきゃいけないというのは確かなんだろうが、それに便乗して専務の息がかかった中堅どころをリストラして、現体制を盤石《ばんじゃく》にする。そういうシナリオなんだ」

現社長の王崎成二《せいじ》は二代目で、年は良郎よりも二歳下である。六年前に先代が会長という立場に退《しりぞ》き、当時副社長だった王崎成二が社長に就任している。その後しばらくは平穏だったのだが、約三年前に肝硬変で先代が死亡したのをきっかけに、先代の片腕だった松尾専務と、二代目社長の確執が表面化。会社の方針を巡っての意見の対立というより、隠然と発言力を保持している松尾専務を二代目社長が煙たがって嫌っている、というのが実態だと社内ではしばしばささやかれている。

「古賀さんと芦溝君は多分、大丈夫だと思うよ。野球を通じて金田常務とか畑田総務部長と懇意だろうから。しかし俺はかなりまずい立場にあると思う」池上課長が半分ほど残っているコーヒーのカップを揺らし、それを見つめながら言った。「今までに久米部長と何度もやり合ってしまったから」

確かに池上課長はこれまでに何度か、営業の手順などについて久米営業部長と口論になったことがあった。営業畑は池上課長の方が長く、久米部長が総務や広報を経て後でやって来たことも影響しているのかもしれない。久米部長の方は、畑田総務部長と同期で、個人的にも親しいようである。

「いや、俺だってやばい」古賀課長が片手を振った。「先代の葬儀のときに俺、足がしびれて醜態《しゅうたい》さらしたから。二代目があれを見て怒ってたって、人づてに聞いたしね」

良郎もその場にいたので覚えている。長時間の正座で足がしびれたらしく、焼香のときに古賀課長は前のめりに転んで焼香台を倒してしまい、灰が煙のように舞ってちょっとした騒動になったのだ。場所は葬儀会社のホールで、遺族の希望で床に畳を敷き詰めて催されたものだった。

古賀課長と目が合った。君もまずそうだな、と顔に書いてあった。

金田常務にボールをぶつけた上に、その後のフォローに失敗してかなり不機嫌にさせてしまった。その上、今朝はバスの中でだらしなくよだれをたらしているところを久米部長に見られている。何というタイミングの悪さ。

また腰痛がやってきた。良郎は座ったまま両手を腰に当てて、少し身体をひねった。池上課長から「また腰痛か」と言われ、「すみません、大丈夫です」と、居住まいを正した。

「まあ、とにかく」古賀課長がおしぼりで手を拭《ふ》き、それをテーブルに投げつけるようにして戻した。「次の面接のときに、自分は何が何でも会社に残りたいんだという態度を見せなきゃな。石にかじりついてでもこの会社で一所懸命働きます、だから残してください、お願いします、と」

「それしかないね」と池上課長もうなずく。「我々は組合にも入ってないから、団体交渉もできない。仮にそんなことをやろうとしたら、真っ先に切られるだろうがね。やっぱりここは、土下座してでも残らせてくれと頼むしかないか……」

「仕事も真面目《まじめ》にやってきたつもりだし、家族サービスよりも野球大会とかゴルフコンペとかを優先させて、気を遣ってきたつもりなのに……何てこった」

古賀課長が天井を仰いでつぶやいた。


良郎は次の日もその次の日も、市立図書館やファミリーレストランで時間を潰すことになった。康世の意向で、表向きは出勤するふりを続けなければならないので、相変わらずスーツ姿である。

図書館で、労働基準法やリストラに関係する本を借りはしたのだが、いつ面接の呼び出しがあるか判らず、そのことが気になってしまい、読んでもいっこうに頭に入らなかった。判ったことといえば、実際には法律に抵触するようなリストラが横行しており、再就職先を用意してもらえるというのはかなりまし、という程度のことでしかなかった。気分転換に、他の書棚も見て回ったものの、興味が湧いて本を手に取る、ということはなかった。〔加江瀬市ゆかりの作家〕というコーナーに足を止めて、展示プレートを眺めたりもしたが、字面《じづら》を目で追い、特殊な技能を持った人たちをうらめしく思っただけのことだった。

その間に、同じくリストラ対象になった何人かの課長補佐たちと連絡を取り合った。ときどき、課長補佐だけで飲み会を開くことがあるので、五十歳以上の課長補佐だけでも知り合いは結構いる。彼らの中には、団結して集団訴訟を起こして戦うべきだ、といった強硬意見を口にする者もいたが、ほとんどは「大変なことになったな」「不安で眠れないよ」といった弱音を吐くばかりで、具体的な対策についてアイデアを提示できる者はいないようだった。

久米営業部長から携帯に連絡が入り、「明日面接をしたいので朝九時に第一小会議室に来てくれないか」と言われたのは、有給休暇三日目の夕方だった。

その日の夜、良郎が風呂に入っている最中に携帯が振動した。いつ顧客や上司から電話が入るか判らないので、入浴中、携帯は風呂から出たところにある足拭きマットの上に置くことが習慣になっている。

あわてて風呂から出て携帯を手に取ると、池上課長からだった。良郎は裸のまま足拭きマットの上であぐらをかく姿勢になり、「もしもし、芦溝ですが」と出た。

「今ちょっといいかな」

「ええ、もちろん」

「面接の連絡はあったか?」

「はい、久米部長から電話がかかってきて、明日の朝に来るようにと」

「そうか。私はまだだよ。古賀さんもまだだと言ってた。ところで、その面接のことなんだが、古賀さんが人事部の人から重要な情報を入手したんだ。それでこんな時間だが連絡させてもらった」

「といいますと?」

「うむ。会社のトップは、面接のときにごねた社員は問答無用でリストラして、逆に、それが会社の命令とあらば仕方ありません、お受けします、という素直な態度を見せた者を会社に残す方針らしいんだ」

「本当ですか」

「ああ。社長の意向でそうなったらしい。要するに、会社に対して従順かどうかを最大の判断基準にする、ということだな。言われてみれば一理あるよな。ごねる奴を残したら、後々どんなことでまた逆らうか判らんし。逆に、従順な奴はやれと言われたことを文句言わないでやるタイプなんだから。経営者としては、そういう奴なら残しておいてもいい、という心理になるのも自然なことかもしれん」

「じゃあ、面接のときは、抵抗しない方がいいと」

「そうそう。特に、社長、金田常務、畑田総務部長ラインの子飼いでない者は、ごねたら即アウトってことだ。逆に、それが会社の命令ならば仕方ありません、従います、という素直な態度を見せれば、いや、やはり君のような優秀な人材には残ってもらおう、とこうなるわけだ。一応、君には伝えとこうと思ってね」

「あー、ありがとうございます」

はらわたに温かいものがしみてくるのを感じた。池上課長は、厳しいところもあり、何度かひどくののしられたりもしたが、部下のことをちゃんと守ろうとしてくれている。

「それと、これだけは忘れないでくれ。このことは、本当ならリストラ対象になった社員みんなに伝えたいところなんだが、それをしたら自分たちの首を絞めることになってしまう。判るだろ。つらいところだが、君もこの情報は口外しないで、自分自身を守るためだけに使ってくれ」

「あ、そうですね、はい」

この情報は、一部の者が知っているからこそ有用なのであって、みんなに知られたら抜け駆けの利益がなくなってしまう。少々後ろめたいことだが、仕方がないと割り切らなければ……。

「じゃあ、明日頑張って、な」

「はい、ありがとうございました」

携帯を切ったときに他の仲間の顔が頭に浮かび、良郎は心の中で、すまん、自分だけが甘い汁を吸うような感じになってしまって、とわびた。

そのとき、脱衣所のドアが開いて、康世が顔を見せた。

「あら。誰かと携帯で話してるみたいだったから、とっくに服を着てると思ったのに。何やってんのよ、こんな格好で」

康世が立っている後ろを、ちょうど帰宅したところらしい真美が通り過ぎた。真美はちらとこちらを見て、裸のまま足拭きマットの上であぐらをかいている父親の姿にぎょっとした表情になり、「うわっ、変態っ」と吐き捨てて、二階へと駆け上がって行った。

「馬鹿はそっちでしょ、素っ裸でそんなところに座り込んで」

「馬鹿、早く閉めろっ」

康世が乱暴にドアを閉め、その振動のせいでドアに取り付けられてあったフックからバスタオルがハンガーごと落ちた。

翌日は朝から強い雨で、良郎が王崎ホームの社屋にたどりついたときは、スラックスのすそが見事に水を吸って染みを作っていた。

職場の同僚や後輩たちにどんな顔を見せればいいか判らなかったので営業部のフロ

アには寄らず、一階の自販機コーナーでコーヒーを飲んで時間調整し、九時ちょうどに第一小会議室に直行した。

待っていたのは今回も久米営業部長一人だけだった。前回と同様、ロの字型に並べられた長机の奥に座っている。「やあ、ご苦労さん。じゃあ、そこへ」と手で示され、向かい側に腰を下ろした。

「今日はあいにくの天気だね」

久米部長は口もとを少し緩めてそう話しかけてきた。

「ええ。駅からここまでのわずかな距離で、スラックスがかなり濡れてしまいました」

「でも、天気予報によると、昼前にはやむらしいよ。腰痛はどうかね」

「ええ……まあ、良くもなく悪くもなく、というところですか」良郎はそう答えてから、「仕事に差し支えるほどではありませんので、大丈夫です」とつけ加えた。

数秒間、重い間ができた。

「では本題に入らせてもらうが」久米部長がここでわざとらしい感じの咳払《せきばら》いをした。

「芦溝君には、チームワークという会社に行ってもらいたい」

聞き覚えのない会社だった。

「ええと、何の会社でしょうか」

「人材派遣会社だ。うちとは直接取り引きはないが、社長の親戚筋がやってる会社なので、心配することはない」

心配することはないって、何を根拠に……。社長の親戚筋、という表現も気にかかった。親戚と言わずに親戚筋と言ったのも、厳密には親戚ではない、という意味なのではないかという気がした。

久米部長が立ち上がって回り込んで来て、一枚の紙を良郎の前に置いた。

チームワークという会社の概要が記されたものだった。有限会社で、事業内容は人材派遣業とあるだけで、詳しいことは書いていない。社員数十五人、所在地は隣県の副都心だった。バスとJRを乗り継いで、片道一時間以上かかるだろう。

「詳しいことはこれからだが、君が有能な営業マンだということは伝えてあるから、きっと、派遣先の開拓を任されることと思う。頑張ってくれ」

「派遣先の開拓、ですか」

「いや、絶対にそういう仕事になると言ってるわけじゃない」久米部長は片手を振った。「総務で働いてくれと言われるかもしれないし、人事や他の部門かもしれない。君は、営業専門でやっていきたいのかね?」

「いえ、別にそういうわけでは……」

答えながら良郎は、チームワークという会社のことなど気にする必要はないのだと自分に言い聞かせた。素直に受け入れる態度を見せれば会社に残れるし、ここで嫌だとごねれば会社から追い出される。社長がそういう方針で〔踏み絵〕をさせようとしているだけなのだから。

自分は、金田常務や畑田総務部長と、野球を通じて顔と名前を覚えてもらっている。顔も知らない存在ではない。大丈夫、大丈夫……。

しばらく間を置いてから久米部長が「で、どうだろうか。この話、受けてもらえるだろうか」と聞いてきた。「この前言ったように、退職金は規程の金額の他に、給与十二か月分を上乗せするよ。約束する」

良郎は、あらかじめ考えておいた言葉を一度、心の中で暗唱した。

「それが会社のためになるのなら、そしてご命令とあらば」良郎は神妙な表情を心がけて、ゆっくりとうなずいた。「お受けしたいと思います」

久米部長がなぜか、ちょっと驚いたような顔になったが、それも一瞬で、すぐに目尻を下げての笑みに変わった。

「そうか、受けてくれるか、どうもありがとう」

はあ？　いや、それはですね、あの……。

良郎が口をぱくぱくさせていると、久米部長が回り込んで来て右手を差し出してきた。反射的に応じると、久米部長はその手を乱暴に上下に振った。

「じゃあ、営業部のみんなにあいさつをしに行こう」

「えっ、あのですね……ええと……」

「今ならまだメンバーも半分以上がフロアに残ってるはずだから」

背中を押されて、機械的に立ち上がった。

ちょっと待ってください、違うんです。

社長の方針で、素直に従った者は残れるんじゃなかったんですか。お忘れになってるんじゃありませんか。

だが、頭が混乱して、口が動かない。

何とかしなければと思うのだが、適当な言葉が見つからない。

そうするうちに、営業部のフロアにたどり着いてしまった。営業第一課から第四課までがある大きなフロアである。

「おーい、みんな、ちょっと集まってくれ」

久米部長が声を張り上げると、ざわついていたフロアが一瞬静かになり、営業第二課を中心に同僚や部下たちが席を立って、ホワイトボードがある辺りにやって来た。

その場には池上課長もいたが、なぜか良郎と目を合わそうとしない。うつむいたまま、後ろの方に立っている。

「急な話だが、芦溝課長補佐が四月から、チームワークという人材派遣会社に再就職することになった」久米部長は、混乱する良郎をよそに、話を続けた。「芦溝さんのようなベテラン営業マンが抜けるのは、営業部にとっては大きな痛手だが、組織で働く者にとって人の出入りというのは宿命でもある。会社の方針もあるし、先方から有能な人材が欲しいと言われればそれに応《こた》えることも必要だろう。何にしても、芦溝さんは心機一転、新しい職場で頑張ってもらいたいし、私は彼なら大丈夫だと信じている。みんな、拍手で送り出してあげようじゃないか」

久米部長はそう言い、一人で勝手に拍手を始めた。

みんなが明らかに戸惑っている。後輩たちは引きつった顔を互いに見合わせ、良郎と視線が合うと誰もがそらした。池上課長は……背の高い後輩の後ろにいて、表情が窺えない。

久米部長の先導で、仕方なく、という感じのまばらな拍手が起こった。

これは現実の出来事なんだろうか。それとも、夢でも見ているのか……。

腰が痛い。両手を後ろに回してさすった。この痛みは現実だ。

久米部長は、拍手を強制するだけしておいて、今度は両手で制するような仕草でやめさせた。

「本来なら送別会などもしなきゃいけないところだが、芦溝さんは三月いっぱいは有給休暇を取ることになっているし、新しい仕事の準備もあるので、ひとまずは見合わせることにしよう。近いうちに、是非やりたいものだがね。それから」久米部長は良郎の方に向き直った。「私物などは、段ボール箱を用意するから、それに、詰めておいてくれるかな。こちらで宅配便を手配するよ」

みんながそそくさと自分の席へと戻って行く。何人かの後輩が、同情を込めたような視線を向けてくれたが、良郎と目が合うとすぐにそらしてしまう。

みんな、違うんだ。助けてくれ。

だが、金縛りに遭ってしまったように、口が動かない。身体も動かない。その代わりに、営業部のフロアがぐるぐる回りだしたような感覚に陥った。このままここに立っていたら、突然床に穴が空いて、長いすべり台を滑降して、外に放り出されるのではないかという妄想が頭の中のスクリーンに映し出されていた。

4

天気予報よりも早く雨はやんだ。ＪＲ加江瀬駅の南側にある児童公園に入ると、草いきれが鼻をついた。小さな土の広場には水たまりが残っており、シーソーやブランコなどの遊具もまだ濡れている。出入り口付近にある公衆トイレの前で、年輩の夫婦がポップコーンらしきものを撒《ま》いており、ハトが群がっていた。周囲はビルが多いため、公園内から空を見上げると、崖に囲まれた谷底にいるような気分になってくる。

良郎は、南側の出入り口付近にあったベンチに腰を下ろしていた。ここは木材に見せかけたコンクリート製の東屋《あずまや》になっているので、かび臭い湿気は残っているものの、濡れてはいない。ときおり数羽のハトが近くに舞い降りて来るが、良郎が何もくれないしみったれた人間なのだと気づいて、さっさと老人夫婦の方へと移動して行く。

脇には書類封筒が一つ。良郎の私物は宅配便で送るほどではなく、この書類封筒だけですべて収まった。中身は、個人所有のいくつかの文具、システム手帳、認め印、コンパクト辞書。仕事でいつも使っていたノートパソコンも持ち帰りかけたが、これは会社の所有物だったと気づいて机の上に戻した。

自分の机で後片づけをしていたときに、何人かの後輩が声をかけてきた。頑張ってください、お元気で、というありきたりな言葉ばかりで、みんな明らかにそれ以上の会話を望んでいない感じだった。だから良郎も、ありがとう、君も頑張って、という機械的な返事しかしなかった。違うんだ、本当は会社に残れるはずだったのに何か大きな手違いが起きてるんだと叫びたかったが、久米部長は行方をくらまし、話をするべき相手が見つからないまま、会社を後にする羽目になった。事情を知らない社員に説明しても仕方がなかったし、教えていい内容でもなかった。

池上課長も、いなくなっていた。ホワイトボードを見ると、〔外回り〕とだけ書いてあり、どこに何の用件で行ったのか判らなかった。

良郎はしばらくの間、通りを歩く人の姿や、えさをつついているハトをぼうっと見ていたが、やがて、池上課長に電話をかけてみようと思い立った。

何かの手違いがあったのだ、きっと。久米部長と話す前に、池上課長からまずは事情を聞いてみよう。

ようやく我に返ったような気持ちになり、セカンドバッグから携帯電話を取り出した。

しばらく待たされて、池上課長が出た。「はい」と言うのみで、こちらの様子を窺っているような感じで黙っている。外を歩いているところなのか、車の排気音などがときどき聞こえていた。

「あの、芦溝ですが」

「あー、うん」

「今ちょっとよろしいでしょうか」

「あ、はいはい。いいですよ」

池上課長の口調はいつもと明らかに違っていた。

「私、池上課長の助言に従って、今朝、久米部長から提示されたリストラの話を素直に受ける返答をしたんです」言っているうちになぜだか声が震えてきた。「そうすれば、会社に残れるとおっしゃってましたよね」

「あー、はいはい、うん」

　また間ができた。

「ところが、ああいうことになってしまいまして……今は頭が混乱して、どうすればいいのか判りません。課長、私はどうすればいいのでしょうか」

「社長の方針は、間違いないはずだったんだが……正直なところ、私もどういうことなのか、よく判らないんだ」

「あの、社長の方針というのは、いったい誰からお聞きになった話だったんでしょうか」

「取締役の一人からなんだが……悪いが、ちょっと名前は言えない」

「課長から久米部長に、何とか今日のことは白紙に戻すようにお願いしていただけませんでしょうか。私は、会社に残れるものと期待していたものですから、こんなことになって困ってるんです」

「うーん」池上課長はうなるような声を出してから、「今すぐ話をひっくり返すことは難しいと思うが……でも判った。いろんなつてを頼って、君が戻れるよう頑張ってみよう」

うそだと思った。その場しのぎの方便だ。しかし、「うそをつけ」と怒鳴ることはできない。そんなことをしたら、最後の可能性も消えてしまう。池上課長だってリストラ対象になっている。他人の面倒を見るような余裕はないだろう。彼自身も、もしかしたら明日にでもリストラ宣告を受けるかもしれないのだから。

池上課長が独り言のような感じで「あ、そうだった」と言った。「芦溝さん、悪いけど、仕事があるので、いったん切らせてもらうよ。またこちらから連絡するから」

そう言うなり突然電話は切られた。

またハトが一羽、足もとに寄って来た。良郎は苛立ちのあまり、そのハトを蹴飛ばそうとして右足を振り出した。しかしハトはあっさりそれをかわして、首を縦に振りながら遠ざかってゆく。

ハトに八つ当たりをするなんて、最低だな。

良郎は背を向けているハトに「すまん、許してくれ」と謝った。

ハトに謝ってる。何なんだ、自分という人間は。

良郎は自己嫌悪に陥り、座ったまま両手で頭を抱えた。

その後、池上課長からは何の連絡もないまま、良郎は王崎ホームを退社することになってしまった。退職辞令と出向辞令は、郵送で送られて来た。その翌日に人材派遣会社チームワークから電話がかかってきて、四月一日の午前十時に、印鑑を持って事務所に来るように、と言われた。どういう仕事をすることになるんでしょうか、と尋ねてみたが、詳しいことは当日に、と言われた。

池上課長の携帯電話に何度もかけたが、一度も出てくれなかった。メールも送ったのだが、返事が来なかった。なおも電話をかけ続けたところ、番号を変えてしまったらしく、現在使われておりません、というメッセージが返ってきた。王崎ホーム営業部にも電話をかけて、池上課長に代わってもらおうとしたが、三度かけて三度とも後輩社員から「今いませんので電話があったことだけ伝えておきます」と言われた。

辞令が送られてきたときに、妻の康世からは「どうするのよ、こんなことになって」と険しい顔を向けられたが、良郎としては「仕方ないだろ、今はこういう時代なんだ」と言うしかなかった。康世はリストラについてはあきらめたようで、それ以上しつこく言わなかったが、その代わりに「再就職先の給料、ちゃんと生活できるぐらいにはもらえるんでしょうね」などと、収入面での不安はその後も何度か口にした。良郎はそのたびに、俺が悪いんじゃない、と言い返したいのを我慢しながら「とにかく頑張るしかないよ」と、目を合わせないで答えておいた。

何人かの、同じくリストラ対象になっている社員にも電話をかけてみたが、面接があった者も、まだ呼び出しがない者も、誰もが苛立った感じで、ちょっとした言葉の誤解から八つ当たりをされそうな雰囲気が漂っていたため、三人でやめにしておいた。三人目に電話をかけたのが古賀宅地取得課長で、面接の場でははっきりした返答をせず、まだ態度を保留している、とのことだった。

人材派遣会社チームワークの事務所は、細長い雑居ビルの二階を間借りしている小さな会社だった。久米部長からもらった会社概要にあった従業員数などの規模が、実際は違っているらしいことに、そのときになってようやく気づいた。

応対したのは専務だという初老の男性だったが、名前も言ってくれず、事務所の隅にあった、ついたてで仕切られた応接セットに座らされ、書類に記入するよう言われた。

その書類を見て、頭の中が？マークだらけになった。

派遣先として、どういう職種を希望するかを記入する書類だった。

どういうこと？

派遣先の職種？

この会社の正社員になるんじゃなかったのか？　登録？

うそぉ……。

「あの……これは」

「何?」と聞かれたので、「私は、この会社で、派遣先の開拓などを担当させていただくのではないのでしょうか」と聞いた。

相手はぽかんとした表情になった後、苦笑して手を振った。そんなの、ないない、という感じだった。

「いえ、そうじゃなくて、派遣社員として登録してもらうってことですよ」

うそだーっ、と怒鳴りかけたが、何とか抑えた。目の前の相手に言っても仕方ないことだ。王崎ホームに……言っても、のらりくらりとかわされて、やがて疲れ果ててあきらめることになるのか……。

その後は、思考能力をほとんど失ったまま、機械的に書類に記入した。なかばやけくそで、営業の他、事務仕事でも、工場などの現場仕事でも、何でもやるつもりで片っ端からレ印をつけた。ペンを動かしながら、これでは詐欺ではないか、犯罪ではないのかと心の中で怒りの言葉を繰り返した。

書類の記入が終わったところで専務は「では、派遣先が決まったら連絡しますので」と、早々に用件はこれで終わり、という感じで席を立とうとした。良郎があわてて「派遣先の連絡はいつごろいただけますでしょうか」と尋ねても、「今はこういう景気だからねえ、何とも言えないんだよ。明日にでも連絡できるかもしれないが、何か月も待ってもらわなきゃいけないということもある。特にあなたの場合は、年齢も年齢だから。何か特別な資格があるならともかくねえ」と、全くの他人事みたいな言い方だった。「それでは困るんです」と声を振り絞るように訴えたが、「判ってるよ、そんなことは。こっちだって精一杯、いろんなところと交渉してるんだ、あんただけが大変なんじゃないよ」と冷たく言い返され、ついたての向こうに消える専務を呆然《ぼうぜん》と見送る羽目になった。

とぼとぼと駅に向かった。空は嫌味なくらいに快晴で、電線には小鳥が並んでさえずっていた。

歩きながら何度も「騙《だま》された」「くそ」「こんなことがまかり通っていいのか」「畜生」「ひど過ぎる」などと吐き捨てた。

何が再就職先を世話するだ。こんなの再就職じゃない。人材派遣会社に登録しただけではないか。この調子では、何か月待ったって、仕事にありつくことなんてできないんじゃないか。実態は不当解雇じゃないか。あんまりだ。

ＪＲに乗って加江瀬駅に到着した後、気がつくと加江瀬駅バスセンターではなく、王崎ホーム社屋の方に向かって歩いていた。

何をやってんだ、この馬鹿。良郎はその場にへたり込みそうになった。会社から捨てられたのに、無意識のうちにその会社に行こうとしていたなんて。完全にマインドコントロールだ。

どこかで昼食を取ることにしたが、一人で飲食店に入る気にならず、王崎ホームで働いていたときにしばしば注文していた弁当屋〔いわくら〕に行くことにした。電話で注文をして配達してもらっていたので店に行ったことはなかったが、駅の北口からさらに何百メートルか北の国道沿いにあったはずである。天気がいいから、公園などで食べたら少しは気が晴れるかもしれないと思った。

だが、行ってみると、〔いわくら〕の小さな店舗はシャッターが下りていた。臨時休業を知らせる貼り紙などもない。

店は住居を兼ねているようで、テント看板の上が二階のベランダになっていた。見覚えのある年輩女性が、そこで洗濯物を取り込んでいるところだった。

たまに弁当を届けに来ていたばあさんだった。普段は店主のじいさんが持って来るのだが、注文数が少ないときは、あのばあさんが持って来ていた。はっきりと聞いたことはないが、夫婦で店をやっているらしいことは知っている。

良郎が下から「こんにちは」と声をかけたが、ばあさんは気づかないようだった。そういえば、彼女は耳が遠くて、配達に来るときは補聴器をつけていた。今はつけていないのだろう。

もう一度「こんにちは」と声を大きくすると、シャッターの横にあるアルミサッシのドアが開いて、店主のじいさんが出て来た。薄い白髪頭で、しみだらけの細い顔。身につけていた紺のジャージの胸には、中学校か高校らしきマークがプリントされてあった。息子か孫のお古を着ているらしい。

「おや、おたくは確か……」と言われて、良郎が「ときどき弁当を買わせてもらってた者です」と答えると、じいさんは「ああ、そうそう、王崎ホームの人」と良郎を指さして笑った。前歯が一本抜けているのも相変わらずだった。

「お店、今日は休みなんですか」

そう聞くと、じいさんは顔をしかめて後頭部をかいた。

「それがねえ、体力的にきつくなっちゃったんで、先週から無期限の休業ってことにしたんだ。不景気過ぎて売れなくなっちまったこともあるし。スーパーの格安弁当とか、自分で弁当作ったりする人も増えたからね」

「あ、そうなんですか」

食べられないと判ると、何だか惜しい。毎日ではなかったけれど、週に二回ぐらいは頼んでいたし、長年親しんだ味だった。

「もしかして、買いに来てくれたのかね、弁当を」

「ええ、こっちに来る用事があったので、ついでにと思って」

「そりゃあ、悪かったね。まあ、他にも弁当屋はあるから」

残念です、という前に、じいさんはドアを閉めていなくなってしまった。再会を懐かしんでいるのは自分だけだったらしい。

仕方なく近くにあるファミリーレストランに向かって歩いているときに携帯が鳴った。画面を見ると、古賀宅地取得課長からだった。そういえば、彼が王崎ホームに残れたかどうかはまだ聞いていない。

「ああ、俺だ」と言われ、「どうも」と応じる。

「今、大丈夫かな」

「いいですよ」

「人材派遣会社だってね」

「ええ……」

「じゃあ、仕事中だったかな」

「いいえ。登録しただけで、いつ派遣先が決まるか判らないと言われました」

「えっ」古賀課長は絶句したらしかった。「そんなの、再就職とは言えないじゃないか」

「ええ。どうやら、騙されちゃったみたいでして」

「ひどいな、それは……」古賀課長のため息が聞こえた。「実は俺も王崎ホーム、辞めたんだ」

「えっ、古賀課長もですか」

「もう課長じゃないから古賀でいいよ。もともと同期だったんだし」古賀は力のこもらない笑い声を出した。「それで、五月の連休明けからなんだが、知り合いの紹介で不動産会社で働くことになった」

「王崎ホームから斡旋されなかったんですか」

「提示された再就職先は、王崎ホームと取り引きしてる造園会社だったんだが、待遇も係長扱いで、給料も期待してたよりもかなり悪かったんで、ふざけるなって、蹴ってやったよ。それもまあ、知り合いのコネで不動産会社に課長待遇で潜り込めそうだという状況だったからこそなんだが」

「そうですか……」

よかったですね、とつけ加えようとしたが、言葉を飲み込んだ。いいわけがない。しばらく間が空いた後、古賀が「今、どこにいる?」と聞いた。

互いに今は暇だから、ということで、加江瀬川近くの国道沿いにある高架下の居酒屋で古賀と落ち合った。JR加江瀬駅からバスに乗って十分ほどの距離である。この居酒屋は、古賀の説明によると、近くに魚市場と青果市場があるせいで午前中から営業しており、夕方には店じまいをしているのだという。

狭い店内は、作業服の男性が何人かいただけだった。良郎よりも先に来ていた古賀は、奥にある小さなテーブルでビールのジョッキを半分ほど空けていた。古賀の方はジーンズに薄手のジャンパーという軽装だった。

あらためてジョッキで乾杯した。古賀は「互いの新しい人生に」と言ってから、「なんてわけねえよな」と苦笑した。

「聞いていたとおり、リストラ対象にされた者の半分ぐらいは会社に残ることになったようだ」口にあわをつけて古賀が言った。「会社としても最初からそういうつもりだったんだろう。百を達成するために、二百の目標を掲げてたってだけさ。派遣社員の方は、三十人前後がばっさり切られたらしいがね」

どこでも派遣切りが横行している昨今である。良郎は、五十前の男が人材派遣会社に登録したところで、何の期待ができるというのか。リストラされるにしても、再就職先についてもっとしつこく確認して、できるだけごねて交渉を粘り、しっかりとどこかの正社員になるべきだったと今さらながら後悔した。

二人ともジョッキのお代わりと鉢物数品を注文した。それらがテーブルに置かれたところで古賀が咳払いをし、店内を見渡した。知っている者がいないことを念のために確認したらしかった。

「実は、王崎ホームが斡旋した会社を蹴ったのは、他にも理由があるんだ」古賀は声を潜めて言った。「リストラの面接のときに、どうしても残りたかったら、最低一人、誰かをリストラに素直に応じさせろって言われたんだ。要するに、誰か一人、辞めるよう説得して、それが上手くいったら、残してやるってことだ」

「えっ」

「君は聞いてないだろう」

「はい」

「だろうな。課長職の者だけにそういう話があったようだから。といっても、課長職全員じゃない。上から、こいつは残してもいいかな、と判断された者だけだ。でも俺は仲間を売るような真似《まね》はしたくなかったし、そういうことを強要する王崎ホームって会社がつくづく嫌になってね。だから応じなかった。それでこれさ」

古賀は手刀で首を切る仕草をした。

良郎は飲みかけていたジョッキをテーブルに戻した。嫌な胸騒ぎがあった。

良郎の表情でそれと察したのか、古賀が「もしかして、池上課長から何か言われた、とか」と聞いてきた。

ためらいつつ、良郎が、面接の直前に池上課長から電話がかかってきたときのことを話すと、古賀は啞然とした表情になった。

「そりゃ、あんた……完全に池上の野郎に騙されたんだよ。リストラに応じる態度を見せた方がいいってのが俺からの情報だって？　冗談じゃない。そんなこと俺はあいつに一言も言ってないぞ。あの野郎、部下であるあんたを騙して自分だけ会社に残りやがったんだ」

古賀は割り箸を握りしめて、鈍い音と共にへし折った。

また周囲がぐるぐる回ってきた。酒のせいではないはずだった。

「一度、三人でファミレスに集まっただろう。あの時点では、あいつもリストラ対象だったし、俺たちは互いに同志だと思ってたはずだ。しかし、一人差し出せば残れると言われて、あいつはあっさり、あんたを生け贄《いけにえ》に選んだんだ。それも、リストラに応じるように説得するっていう正面からの方法じゃない。騙したんだ」

信じたくなかったが、そうであればすべての説明がつく。池上課長が目を合わわそうとしなかったことも、電話に出なくなったことも。

「ひでえな……全く、ひでえ」

古賀が腕組みをして、舌打ちをした。

その後は会話が途絶えがちになってしまい、良郎が二杯目のジョッキを空けたところでお開きになった。古賀が「今日は俺が持つから、な」と言ったので、甘えることにして礼を言った。

外は相変わらずいい天気で、明るさに立ちくらみを覚えた。

店の前で別れるときに、古賀が「お互い、頑張ろうな。また今度連絡するから飲もうや。次はもうちょっと旨い酒のはずだ」と笑いながら背中を叩《たた》いてきたので、良郎も笑顔を作ったが、多分、泣いているよりも悲惨な表情になっていたのだろう。古賀はすぐに目をそらして、「じゃ」と片手を上げた。

5

それでも一抹の期待は持っていたのだが、人材派遣会社チームワークからは何の連絡もないまま、一週間が経《た》ち、二週間が経ち、とうとう五月の連休も過ぎてしまった。

その間、良郎は康世に言われたとおり、平日は毎朝出勤するふりをして家を後にし、ハローワークでもっといい仕事はないかと探したり、求人誌を買ってファミリーレストランで目を通したりして過ごした。しかし、それだけで日中の時間を全部潰すことは難しく、市立図書館で就職のテクニックに関連する本を読んだり、公園のベンチに座ってぼーっとしたり、知り合いと出会う可能性が低い町を歩き回って求人の貼り紙を探したりした。

それでも再就職先は見つからなかった。営業の仕事にしても、工場などの現場仕事にしても、求人はあることはあるのだが、必ず年齢で引っかかった。建前上は多くの職種において年齢を理由に採用を断ってはいけないはずだったが、先方に連絡を取ったときに必ず年齢を聞かれ、四十九歳だと正直に答えると途端に「応募が多いから面接をされたとしても採用する可能性はないと思いますよ」「別の人を雇うことが決まったところですので」などと言われるのだった。ハローワークの職員からは「若い人でも今は十人に一人しか決まらないのが現状なんですよね」と、無表情に言われた。

五月中旬の曇り空のある日、良郎が隣市にあるファミリーレストランに入って、日替わりサービスランチを注文したとき、若い女性店員が「あら」と言ったので顔を上げた。

瞳が大きくて小さめの口。派遣社員として王崎ホームの住宅展示場で働いていた子だとすぐに思い出したが、名前が浮かんでこない。仕事で展示場に出向いたときにあいさつをしたり伝言を頼んだりしたことがある程度のつき合いしかなかったが、やや控えめな感じながらも愛想のいい子だったから印象には残っていたのだが……。

「やあ」良郎は、自分の笑顔に力がないことを自覚しつつ声をかけた。「ええと、住宅展示場にいたよね」

「はい。三月末で切られちゃって、今はここでアルバイトしてるんです」

彼女の方も、以前と違って元気がなさそうに見えた。しゃべっている最中もちょっとうつむき加減で、顔色もあまりよくない。きれいに化粧もしているのにどうしてなんだろうと思ったが、すぐにそれは無表情だからだと気づいた。

派遣切りに遭ったのであれば、こうなるのも仕方ないのかもしれないが、たとえ愛想笑いでも、なかなかいい感じの表情を見せてくれていた子なので、惜しい気がしてならなかった。

「あ……じゃあ、あのリストラで？」

「はい」

「そうか……それは残念だったね。確か、二年ぐらい、いたよね」

「ええ、ちょうど二年でした」

ちゃんと仕事ができる人を切るなんて、王崎ホームって馬鹿じゃないか。そう言ってみようかと思ったが、なぐさめの言葉にはならないような気がしてやめた。

「実は俺も三月いっぱいでリストラされちゃってね」

「えっ」彼女が片手を口に当てた。「そうなんですか」

「うん。だから今は失業中だよ。人材派遣会社に登録はしてるんだけど、いっこうに声がかからなくて。チームワークっていう会社だけど、知ってる？」

「いいえ」

気まずい間ができ、彼女が一度背後を振り返った。

「すみません、仕事中に私語は禁止されてますので、これで失礼します」

彼女はそう言い、機械的な表情に戻って注文の再確認をし、一礼して奥に引っ込んだ。何となく、「あら」と声にして良郎と話をするきっかけを作ったことを後悔して、それ以上の対話を拒絶するような態度のように思えた。

コップの水を口に含みながら、何か気の利いた言葉ぐらいかけてやるべきだったなと思った。彼女だって大変な目に遭って苦労しているのである。仕事仲間だったのだから、励ましてやるべきではないか。

大変だけど、お互い頑張ろうな。

よし。次に彼女が日替わりランチを運んできたときに、そう声をかけることにした。

しかし、日替わりランチを運んで来たのは、四十代と思われる小太りの女性店員だった。

その後、良郎の食事中に彼女は二度、近くを通ったが、良郎の方を見ようとせずにさっさと通り過ぎてしまった。その上、客の数もどんどん増えてきたこともあって、ますます声をかけるタイミングがなくなった。

最後のチャンスだった精算のときも、応対したのは店長らしき、良郎と同年代の男性だった。

店を出る前にもう一度振り返って、彼女の姿を探した。彼女は良郎が使った食器を片づけ、テーブルを拭いていた。彼女の表情や動作は、決して緩慢なわけではなかったのだが、さまざまな負の感情に耐えながら、それを紛らわせようとしているようで、どこかとげとげしく見えた。

一瞬、足もとに寄って来たハトを彼女が蹴っ飛ばす場面が浮かんだ。声をかけなくて正解だったのかもしれない。へたに励ましたりしたら、「あんたなんかと一緒にしないでよ」と、充血した目で睨み返されたかも……。

店を出て歩き始めたときにようやく、彼女が栗原小奈美《くりはらこなみ》という名前だったなと思い出した。

五月の下旬になってチームワークから携帯に連絡が入り、古紙を主に扱うリサイクル業者から求人があり、現場で仕事をしてくれる人を探しているがどうだと言われた。現場の仕事というからには古紙を運んだり積み上げたりといった、身体を動かす仕事なのだろう。腰痛、大丈夫だろうか。

大いに不安があったが、仕事のチャンスをみすみす逃すわけにはいかない。良郎は、高いところから飛び下りるつもりで「はい、是非お願い致します」と即答した。

そのリサイクル業者は加江瀬市の北部にある会社で、六月一日から働くことになった。予想していたとおり、古紙を回収してトラックに積んだり下ろしたりする作業が中心だから、汚れてもいい軽装で来るように、と言われた。良郎は、着古しのジャージで行くことにした。

しかし仕事は初日の最初の数十分だけで終わることになった。朝の五時頃に出勤するよう言われてプレハブ造りの事務所に出向いたところ、ろくに他のメンバーとのあいさつもしないうちに大柄な三十代の男が運転するトラックの助手席に乗せられた。ハンドルを握っている男に「仕事、きついんでしょうね」と聞いたが「そうでもないよ」と言われ、少しほっとしたのもつかの間、最初に到着した現場を見て、ぎょっとなった。

その住宅街の一角にある空き地の前には、市の回収車が取りに来ることになっているはずの新聞紙や雑誌、段ボールが積まれていた。資源物として出されたものである。運転役の男から「じゃあ、それを載せて。新聞紙と段ボールと雑誌類は別々にな」と言われ、良郎はいったん助手席から降りたものの、さすがに泥棒の真似はできないと思い、その場に立ちすくんだ。

「おい、何やってる。早く積めってば」と、運転主役の男が苛立った声を出した。

「あの……」良郎は、裏返りかけている声で言い、つばを飲み込んだ。「これって、取っちゃいけないものじゃないんでしょうか」

　運転役の男が降りて来たので、良郎は後ずさった。

「何ごちゃごちゃ言ってんだよ、お前は」運転主役の男はいまにも殴りかかりそうな怖い顔だった。「他人が捨てたもんを回収するだけだろうが。それが何だってんだ」

「でも、市の回収車が後で取りに来ることになってるわけで……それを勝手に持って行くのは違法行為では……」

「何だぁ？　このぉ」

　相手がさらに詰め寄って来たので、良郎は「ひっ」と声に出してさらに後ずさり、そのまま尻餅《しりもち》をついた。

　相手は舌打ちをした。

「おい、やるのかやらねえのか、どっちだ。やらねえのなら今すぐ帰りやがれ」

　心臓の鼓動が速くなり、ひざが勝手に震えていた。良郎がそのまま返事をしないでいると、相手は「ちっ」と吐き捨てて、一人で次々とくくられた新聞紙や雑誌の束を荷台に積み始めた。作業はあっという間に終わり、男は「ぶっ殺すぞ、てめえ。二度とつら見せんじゃねえ」と怒鳴って運転席に乗り込み、乱暴にドアを閉めてトラックを発進させた。

　尻餅をついていたせいで排気ガスをもろに吸い込み、咳《せ》き込んだ。目も痛くなって涙が出た。

自宅までは十キロ近い距離があった。空腹と疲れでめまいを起こしそうになり、途中でコンビニエンスストアに寄っておにぎり一個とペットボトルのお茶を買い、腹に入れた。

疲れ果てて帰宅すると、玄関先で妻の康世から「どうしたの」と聞かれ、事情を説明すると、「真美がまだ寝てるから」と言われ、押し返されるようにして外に出された。

「何でそんなところで働こうとしたのよ」

康世はいつもにも増して険しい顔だった。

「働く前にそんなこと判るわけないだろう」

「だいたいは判るはずでしょ」

「判らんよ、そんなの」

「想像ぐらいできたはずでしょ」

「そんな会社だと想像できるわけがないだろう」

「あんたは隙が多いからそういうことになんのよ」

良郎がそれに対して言い返そうとしたところで、康世が制するように片手を上げた。

「あー、もういい。大切なのは次こそちゃんとした仕事を見つけるってことなんだから、いろいろ言っても仕方ないじゃないの」

最初に言ってきたのはそっちだろうが。良郎はさらなる疲労感に襲われながら、玄関ドアのノブを引いた。

寝室で昼まで横になろうと思いながらスニーカーを脱いでいるときに康世が「真美がいるんだから、今日もいつもの時間に出かけてよね」と言った。

リサイクル業者から電話がかかってきて何か言われるのではないかとしばらくびくびくしていたが、数日経っても連絡はなかった。人材派遣会社チームワークからも何も言ってこなかったので、良郎はほっとした半面、二度と派遣先の連絡もないだろうなと覚悟した。

妻の康世は、そこそこの割り増し退職金が振り込まれたこともあって、その後しばらくの間は文句を言わなかったが、梅雨入りした頃から「いつ決まるのよ」「どうなってんのよ」と険しい顔で言ってくるようになった。良郎は、俺に聞かれても判るわけないだろう、という言葉を飲み込んで、「今いろいろ当たってるから」と答えるのだが、「当たってるったって、門前払いばっかりなんでしょ」などと言い返され、「それでも続けないと仕方ないじゃないか」「漫然と続けるんじゃなくて、いろいろ工夫したらどうなのよ」「何をどう工夫しろってんだ」「自分で考えなさいよ」などと口論になってばかりだった。

クマゼミがうるさく鳴くようになった七月中旬にようやく、宅配便の流通センターで仕分け作業をする仕事にありつくことができた。求人誌に載っていたので電話をかけてみたところ、四十九歳でも健康なら構わないと言われ、簡単な面接を受けただけで明日から来てくれと言われた。ただし正社員ではなく、実態はただのアルバイトである。給料も、時給が高い深夜勤務の方を選んでも、王崎ホームにいたときの半分にもならない。

仕事場は自宅からバスで三十分ほどの、工場や倉庫が多い郊外にあった。勤務は週に五日か六日、夕方六時から明け方の五時まで。休憩は午前零時から一時までの一時間。トイレ休憩は現場責任者に申し出て許可を得なければならない。

仕事は主に、運び込まれて来る宅配便の箱などの荷物を、配送先ごとに仕分けしてケージに積み上げる作業だった。ローラー台の上に載せられた荷物を十数人の男たちがバケツリレーの要領で転がしてゆき、自分が担当している地区が送り先になっているものをローラー台から下ろしてケージに入れてゆく。大型トラックが到着するたびにその作業を繰り返し、それ以外のときは主任の指示に従ってローラー台を組み直して次なる作業に備えたり、ケージを移動させたりした。

昼夜逆転の生活になったお陰で、康世と顔を合わせる時間が大幅に減り、文句や嫌味を言われなくても済むようになった。それでも康世から「いつまでもこの仕事っていうわけにはいかないわよね」と、収入面での不安を遠回しに言われた。実際、この仕事を続けていたら、貯金を取り崩し続けなければならず、近い将来、底をつくことになりそうだった。

娘の真美に対して康世は、「お父さんは宅配便の会社に転職した」と、あたかも正社員として採用されたかのような説明をしているようだった。

仕事は、目が回るほど忙しいわけではなかったし、顧客と相対することもないので精神的にきつくはなかったが、単純作業の繰り返しで楽しいと感じる要素がなかった。まだ二十代後半ぐらいの主任は、仕分けのミスをすると「何でこんな間違いをするんだ、日本語が読めないのか」と怒鳴るし、普段もむすっとしていて冗談を言い合ったりできる雰囲気ではなかった。仕事仲間はみんなバイトで、若い者は若い者だけで集まって話をしており、良郎が気を遣って話しかけても気のない返事ばかりだった。何人か、良郎と年齢が近い者もいるのだが、みんなそれぞれ事情を抱えてここに来ているようで、一様に無愛想だった。それ以外にも、夜間の仕事なので明かりに誘われて飛んで来た蛾《が》などがしょっちゅう顔の近くをかすめるし、蒸し暑い夜は汗がべとついて頭がぼうっとした。おまけに、仕事を始めて二週間もすると少しましになりかけていたと思った腰痛がまたひどくなって、重い荷物を抱えるたびにうめき声を漏らさなければならなかった。お陰で仕事中は腹部を覆うサポーターを装着することが習慣になった。サポーターによって腰痛は緩和されたが、いつも息苦しく、休憩時間に弁当を食べた後は吐き気に見舞われた。おまけにサポーターのせいか、腹周りが一日に何度も、のたうち回りたくなるようなかゆさに見舞われ、仕事が終わった後で、血がにじむまで掻《か》くことも日課になった。そのサポーターを家で身につけているところを見た康世からは「妊婦帯みたい」と小馬鹿にした笑い方をされた。

八月の上旬、大学三年生の長女、栄美が帰省した。アルバイトがあって何日も休めないとのことで、三泊したらまた戻る、とのことだった。栄美の帰省は、普通免許を取るという目的があった一年目の夏以外は、いつもほんの数日である。

栄美が帰って来た翌日の土曜日、康世の発案により家族四人で外食に出かけることになった。店は、栄美が「中華楼《ちゅうかろう》の酢豚を食べたい」と言うので、娘らが小学生の頃に何度か行った、JR加江瀬駅から南に数百メートル下った通り沿いにある中華料理店に決まった。近くには百貨店や商店街もある、市内では比較的にぎやかな場所である。

午後四時頃に家を出たが、まだ陽が高くて暑かったので、タクシーを呼んだ。行き先を告げると初老の運転手が中華料理にうるさい人物らしく、「あの店より、駅の北口にあるホテルの北京《ペキン》飯店の方が旨いと思いますがねえ」などと余計なことを言い出し、みんなむっとした感じになって、車内は目的地までしーんとしていた。

中華楼の円卓は、料理を自由に取れるよう、内側の一段高い円卓が回るようになっている。しかし真美だけは、回る円卓に載った皿には一切箸をつけようとせず、個人的に注文した冷やし坦々麺《たんたんめん》だけをひたすら食べていた。康世が「他のも取ってあげようか」と言ったが、ぶすっとした態度で「要《い》らない」と頭を振った。

「栄美はバイトって、何やってるんだ」

良郎が聞いた。帰省しても、栄美とじっくり話をしたことがなく、こういうことを尋ねるだけでも変な緊張感を覚える。

「今はスイミングインストラクター。去年の春から始めたんだけど、スポーツクラブで小っちゃい子たちに水泳教えてるの」

案外素直に答えてくれたのでほっとしつつ、「へえ、そんなバイトがあるのか」とうなずいた。

「かわいいでしょうね、子供は」

康世がそう言いながら、あんかけのカニ玉をほおばった。口の両端からしずくがたれそうになっている。

「まあね、生意気な態度の子もいるけど、みんなかわいいわね」栄美は、康世にビールをついでもらう。「親御さんたちもいい人ばかりでやりやすいし」

「栄美、水泳とか苦手だったじゃん」

それまでほとんどしゃべらなかった真美が言った。

「おいおい、真美、お姉ちゃんに対して呼び捨てはないだろう」

良郎はそうたしなめたが、康世と栄美が困惑顔で顔を見合わせてから良郎を見てきたので妙な違和感を覚えた。

「どうかした?」

「真美は小さい頃から」と康世が言った。「お姉ちゃんじゃなくて、栄美って呼んでるんだけど」

「え? そうだったっけ」

記憶をたぐったが、思い出せなかった。仕事仕事でやってきたせいか、そもそも娘たちの子供時代の様子さえ、はっきりと浮かんでこない。

真美が小さな声で「最低」とつぶやいたようだったが、はっきりとは聞こえなかったので、聞き間違いかもしれなかった。

康世がついでくれないので、自分でビール瓶を取り、コップに注いだ。半分ほど飲んで少しげっぷをしたときに、腰にずきんと痛みが走り、顔をしかめた。

「水泳が上手じゃなくても子供に教えるぐらいのことはできるのよ」栄美が話を戻した。「顔を水に浸けたり、両足を浮かせて真《ま》っ直《す》ぐになったりっていうところから始めるんだから。小学校の高学年とかは、体育大学の人とかが担当するけどね」

「室内プールなんでしょ」と真美が言った。「何でそんなに焼けてるのよ。本当は海とかで遊んでばっかなんじゃないの?」

栄美は確かに、顔だけでなく、Tシャツから出ている少し太めの腕もよく焼けていた。対する真美は浪人生だからか、別の人種みたいに白かった。

「違うわよ」栄美は酢豚を口に押し込んだ。「室内プールって言っても、天窓が大きいから陽が当たるの。自分が浪人したからって、変ないちゃもんつけんじゃないわよ」

真美はふんと鼻を鳴らし、携帯電話を取り出しメールだか何だかをやり始めた。

康世が良郎の皿に酢豚を取ってくれたが、タマネギやタケノコなどの野菜ばかりだった。「おい、肉も入れてくれよ」と言おうとしたが、既に栄美が肉だけはしっかり食べ尽くしてしまって、残っていないことに気づいた。

「おい、真美」良郎はビールを少し飲んで口を湿らせた。「せっかく家族みんなで外食してるんだから、携帯いじるのやめろよ」

真美はそれを無視して、携帯のボタンを押し続けている。

「真美」

真美が低い声で「うるさい」と言った。これ以上言ったら席を立って先に帰るからね、という感じの態度だった。

「うるさいってか……」

良郎は作り笑いで女三人を見回した。その程度のことでは怒らない余裕のお父さんを演じたつもりだったが、康世と栄美からは、父親の威厳も何もないわねえ、という感じの、冷たい視線が返ってきただけだった。

6

良郎が宅配便の流通センターで働くことができたのは、八月いっぱいまでだった。腰痛がひどくなり、重い荷物を抱えられなくなったので辞めざるを得なかった。

実際には、良郎から「辞めます」と言ったのではなく、主任から「これ以上やったら絶対に身体を壊すし、会社としてもそうなったら困るから」と言われ、その日の途中で、バイト代と、多少の見舞金をもらって、短期間だった仕事場を後にすることになった。良郎としても、これ以上腰の具合が悪くなったら仕事どころか日常生活さえままならなくなるような恐怖感を覚えていたので、実のところ、ほっとしていた。康世も、良郎の腰痛悪化は知っていたので、辞めたことについて文句は言わなかった。

整骨院に通いながら、再び仕事を探した。だが、求人誌を眺めるだけで、どこにも電話をかけることはなかった。駐車場整理の仕事や工場内での軽作業の求人を見つけても、腰痛がまたひどくなりそうな気がして、受話器を手にすることができなかった。一週間、二週間と経つにつれて良郎は、再就職についての意欲を失ってゆき、やがては求人誌さえも手にしなくなった。腰痛は少しずつ快復していたが、また働き始めたら悪くなるに違いない。そういう思いもあって、働く意欲は減退する一方だった。結果、朝に出社するふりをして家を出て、近隣の市町をぶらぶら当てもなく歩いたり、公園や市立図書館でぼーっとしたり、ときにはこのまま生きていて何になるんだろうかということも考えたりして一日を費やす、という日々が漫然と続いた。康世からは何度か「どうするの？」と聞かれたが、そのたびに「今いろいろ当たってる」と答えてかわしていた。視線を合わそうとしない良郎の態度に、康世はさらに言いたいことがありそうな感じだったが、それが何かを聞く勇気はとてもなかった。

九月下旬の、まだ暑さが厳しい夕方、良郎はその日も当てもなく市立図書館のホールにあるベンチに腰を下ろして、自動販売機で買った缶コーヒーをちびちび飲んでいたが、何となくホール内にある掲示板を見て「おっ？」と腰を浮かせた。

貼られてある紙の中に、「リストラ体験を語る」という太文字があったので、近づいてみた。

リストラ問題に詳しいジャーナリストの講演と、リストラに遭った人たちの体験を聞く催しらしかった。参加は自由で無料。場所は目と鼻の先にある市民会館の第一小ホールだという。日時のところを見て、それから掲示板の上にある今日の日付を示すプレートに目をやり、続いて腕時計を見た。

まさに今その催しをやっているところだった。これは何かの導《みちび》きなのかもしれない。

良郎は缶コーヒーの残りを急いで飲み干して、市立図書館を出た。駐車場と芝生広場の間を突っ切って百メートルほど進めば市民会館である。

息を切らせて市民会館に到着。腰痛がじんじんしていたが、案内表示を見て、階段を駆け上がり、二階にある第一小ホールへと向かった。

廊下を進むと、出入り口の前に長机が一脚置いてあり、五十代ぐらいの男性二人が受付をしていた。良郎を見て会釈《えしゃく》してきたので「ええと、入っても?」と聞くと、「どうぞ」と言われた。

大学の講義室に似た造りのホールだった。参加者はまばらで、二十人そこそこ。ちょうど誰かが発言したところらしく、ぱらぱらと拍手が起こっていた。何人かが振り返る視線を感じながら、良郎は後ろの方の席に座った。

既に講演は終わって、体験者が自由に発言するコーナーに移っているようだった。参加者の一人である男性が手を挙げ、奥の壇上にいる、司会者と思われる男性から「どうぞ」と促されて立ち上がった。

「私の場合は、部下の女子社員からセクハラの相談を受けたのがきっかけでした。セクハラ行為を繰り返していたのは、私の直属の上司でした。以前からその上司については、よからぬ噂があり、過去にも彼のセクハラが原因で会社を辞めてしまった女子社員もいたようです。しかし、被害を受けた方が泣き寝入りするというのはあまりに理不尽なことです。ですから私は、相談してくれた女子社員の味方になることを決意し、同様の被害に遭った別の女子社員からも証言を集めるなどして、人事部などに報告しました。組織の人間として、上司に刃向かうことについては、正直申しましてためらいもありました。私はもともと権力に逆らってまで自分の意思を貫くような強い人間ではありません。しかし、息子や娘を持つ父親として、こういうところでいくじのない人間でいることには我慢できなかったのです。ですから、セクハラ上司に立ち向かうことにしたのです」良郎と同年代と思われるその男性は、リストラされた人間とは思えないほど堂々とした態度だった。「ところが人事部はその上司を処分するどころか、私を遠隔地に転勤させようとしたのです。しかも、私のやったことがすべて当の上司に筒抜けになっており、仕事の上で、ささいなミスをあげつらって私を罵倒《ばとう》したり、退職を強要するといった露骨ないじめを受けました。要するに、会社は女子社員や私ではなく、悪いことをしたはずの上司の味方をしたのです。私はあきれ、失望しました。そして転勤を拒否した結果、リストラ対象となり、会社に残っても居場所はないと言われました。私は私なりに抵抗はしましたが、所詮は多勢に無勢、結局は会社を去ることになりました。女子社員もやはり辞めました。その代わり、私たちはただ去ったのではありません。セクハラの一件を公表することをちらつかせて、その上司も会社から追い出すことに成功しました。要するに相討ちです。リストラとの戦いに負けたことは確かですが、自分は間違ったことはしなかったと、誇りをもって生きることができます。これは今後の私の大きな財産になったと信じています」

男性が話を終えて座ると、会場内から、参加者数にしては大きな拍手の音が響いた。男性はそれに対して、何度か会釈で応えていた。

次に体験を語ったのは、三十代ぐらいの、いかにも意思が強そうな顔をした女性で、会社の不正経理に協力することを拒否し、そのせいでリストラされたのでやむなく国税局に告発した、という内容だった。その後も、食品会社で働いていたが産地偽装をやめさせようとしてリストラされた、会社が大規模なリストラ方針を打ち出したので先頭に立って反対したら真っ先に標的にされた、といった体験が語られ、そのたびに拍手があった。

良郎は、その次の男性がしゃべっている途中で会場をすごすごと抜け出し、逃げるようにして階段を下りた。

司会者から「あなたの体験も聞かせてください」と指名される場面を想像して、背筋に寒気を感じた。みんなから視線を浴びる中、おずおずと自分の体験を話す。会場がしーんとなる。直後、顔を朱に染めた怒りの表情だらけになり、「お前のような奴がここにいる資格はない」「帰れ」「出て行け」とののしられる。白日夢を見たような気分だった。階段を下りる途中、心臓が激しく暴れていた。

一階フロアにあるトイレ近くに、水飲み場があった。良郎はカルキ臭い水をがぶ飲みして、げっぷを吐いた。

不正に立ち向かったという、立派な動機がある人は、たとえ仕事を失ったとしても、得たものも大きいだろう。少なくとも胸を張って生きていける。単に役立たずのレッテルを貼られてリストラされた自分のような者とは、次元が違い過ぎる。

駄目男。駄目人間。良郎は口をぬぐい、出入り口へと向かった。腹の中でちゃぽんちゃぽんと水が揺れていた。

良郎が、心の病気になりかけていることをはっきりと自覚したのは、その数日後の午後、JR駅構内にあるファストフード店で女子高生たちの「うわっ、あっち行こうよ」という声に、ふと我に返った瞬間にだった。

数人の女子高生たちが、良郎が座っている場所から逃げるように去って行く。振り返って、おぞましいものを見るかのような視線を投げつける子もいた。

自分の手を見ると、よれよれになって長く伸びたストローがあった。半ば無意識のうちに、飲み終えたジンジャエールのストローをかじっては引っ張る、という意味のない行為を繰り返していたらしかった。嚙《か》み過ぎたせいか、右側の奥歯がしびれていた。女子高生のさきほどの言葉は、危ないおじさんがいるから近づかない方がいい、というような意味だったらしい。

店を出た良郎は、さまようようにして自転車を漕ぎ、やがて加江瀬川の近くにある〔市民の森公園〕へと入った。駐輪場に自転車を停め、芝生広場の隅にあるベンチに腰を下ろし、頭を抱えた。

〔市民の森公園〕は、木々が生い茂っている部分が多く、アスレチック遊具や芝生広場も併設されている県内最大の公園で、外周を歩けば四十分ぐらいかかる。リストラ以降、良郎が時間を潰すために何度となく立ち寄った場所でもある。

すぐ近くでは、二十歳前後と思われる若者たち数人がフリスビーをやっていた。ときどき涼しい風が顔に当たった。頭を冷やすにはちょうどよさそうだった。

このままではいけない。でも、どうすればいいのか。

フリスビーがこちらに転がって来て倒れた。十数メートル先で若者の一人が「投げてー」と手を振っている。

良郎は立ち上がり、フリスビーを拾って、投げ返した——つもりだったが、横風にあおられて右方向に大きくそれてしまい、木の枝に引っかかった。若者たちが「あーあ」「何だよぉ」などと言いながら、走って来る。

「ごめん、ごめん」

良郎は両手を合わせてそう言ってから、木に近づいて見上げた。ジャンプしてもとても届かない高さだった。近くに木の棒や長い枯れ枝はないかと見回したが、都合よく転がってはいない。

若者たちは四人いた。たちが悪そうな子はいなかったが、みんな一様に険しい顔で、良郎と、枝にかかったフリスビーを交互に見ている。

「急に風が吹いてきたもんで、変な方に飛んじゃったよ。申し訳ない」良郎はもう一度両手を合わせて謝った。「もう一度風が吹いたら、落ちてくると思うんだけど」

だが、しばらく待ってもフリスビーが落ちてくる気配はなかった。

「すみません」と、野球帽を横向きにかぶった若者が言った。「弁償してもらえませんか。買ったばっかりのやつなんで」

「あ……そうだね」まあ、そういうことになるか。「ええと、いくら?」

「千円でいいです」

すると、別の若者が「千三百円したやつだろ、ちゃんと言えばいいって」と口添えした。

「あ、千三百円ね。判った」良郎は財布の中を見たが、百円玉は二枚しかなく、かといって値切ったり釣りを要求するのも妙な気がしたので、千円札一枚と五百円玉を出して渡した。野球帽の若者が見返しているので良郎が「迷惑かけたね」と言うと、ポケットの中に入れた。他の若者が「行こうぜ」と言い、四人はぞろぞろと去って行った。

何をやっても裏目。良郎はますます疲れが重くのしかかるのを感じて、めまいを起こしそうになった。

その後、良郎は意識が飛んだような状態になり、我に返ったときはJR加江瀬駅の南側にある児童公園に来ていた。もしかして、また王崎ホームの近くに身体が勝手に向かった、ということだろうか。だとしたら、いまだにマインドコントロールが抜けていない、ということになる……。

自転車を停めて、屋根付きのベンチに腰掛けた。ハトが何羽かやって来たが、良郎が何もやらないのですぐにいなくなった。

足もとに、踏み潰された飲料パックが落ちていた。ストローもついたままだったが、ねじ曲がっていた。

そういえば子供のときにもストローをかじって長く伸ばしたことがあったなと思い出した。給食の牛乳に粉ココアがついてきたときに、ストローを何となくかじって引っ張ったら、少し伸びたので、夢中になってかじり続け、倍以上の長さになったところで女教師に見つかり、前に立たされて、「こういうことをやっているお馬鹿さんがいまーす」と言われ、みんなから笑われた。確か、小二になりたての頃だったように思う。

あの頃は、くだらない一人遊びをよくした。信号待ちのときに息を止めたり、口の中の氷が全部溶けるまでじっと我慢したり、のどを痛めたふりをして一日中がらがら声で過ごそうとしたり。

いい年をして、人前でストローをかじって引っ張るとは……。仕事が見つからないストレスが原因で、退行現象を起こしてしまったのだろうか。俗にいう、赤ちゃん返り……。

ため息をついて、両手のひらで顔をこすった。

つまらない人生だな。

小声でそうつぶやいた。だが、声になっていたかどうか、自分でもよく判らなかった。

もともとおとなしい性格で、小中学校時代は目立たなかった。目立ちたいとも思わなかったし、それは今も変わらない。

勉強だけでなく、スポーツも得意ではなかったが、姉の影響で小四のときからテニススクールに通うようになり、中学ではテニス部に入った。一年生のときはみんなより上手くて一目置かれる存在でいられたが、二年生になると同級生たちが上達して強くなり、やがて下から数えた方が早い順位になってやる気がなくなり、幽霊部員になった。卒業アルバムのテニス部の集合写真では、同級生が良郎の似顔絵を持っている。良郎自身は似ていると思わなかったが、ぎょっとなった感じのその顔を、みんなは「無茶苦茶似てる」と笑っていた。

いじめっ子にからまれたことも多かった。理由もなく尻を蹴られたり、使いっ走りみたいなことをさせられた時期もあった。〔私は犬です〕と書いた紙を背中に貼られ、そのことを親切に教えてくれた人に向かって「わん、わん」と吠《ほ》えることを強要されたこともあった。幸い、それ以上のひどい目に遭わずに済んだのは、中二の遠足のときに、小さなヘビを素手で捕まえたせいだったかもしれない。もともと強要されてのことだったが、本当にやるとは思わなかったらしく、いじめっ子たちはみんな、動揺を隠すようなぎこちない反応だったことを覚えている。あの一件のせいで女子には不気味がられるようになったが、男子の中では〔居場所〕を確保できたような感じになった。

高校生のときは帰宅部で三年間を過ごした。テレビでボクシング観戦をするようになり、もっと強くなりたいという欲求が芽生えて、空手の道場に通ったこともあったが、練習のきつさに音《ね》をあげて一か月で挫折《ざせつ》。高校時代もおどおどした態度は相変わらずで、弁当を盗まれたり、先生が呼んでいると言われて職員室に行ったがうそだった、といったことが何度かあった。

高二の秋、下校中に同じ高校の不良グループに捕まって〈市民の森公園〉に連れて来られたことがあった。相手は四人で、額《ひたい》に剃《そ》り込みを入れたり、眉毛《まゆげ》を剃っていたり、ボンタンと呼ばれる太いズボンをはいている連中だった。そのうちの一人は同じクラスだったが、それまでしゃべったことはなく、「どけ」と突き飛ばされたことがあるだけの関係だった。四人の中でリーダー格だった樋口勉《ひぐちつとむ》という、とりわけ凶暴そうな男は、そのとき手に金属バットを持っていた。「打ちたいから投げろ」と言われて、とても断れる雰囲気ではなく、誰かに助けを求める勇気もなく、連中について行くしかなかった。

芝生広場の隅で、ボールを投げさせられた。後で聞いたところによると、草野球をしていた中学生がガンをつけてきたのでバット一本と軟式ボール三個を巻き上げた直後に良郎を見つけ、声をかけた、ということのようだった。バッティングセンターに行くとカネがかかるので、こいつに投げさせよう、という程度のことである。

良郎がボールを投げ、連中四人が順に打った。一人が打っているとき、他の三人は良郎の後方で、飛んで来たボールを捕球して投げ返した。

最初のうち、うまくストライクゾーンに投げることができなくて何度も「何やってんだ、馬鹿たれ」「ちゃんと投げんかっ、下手くそっ」などと怒鳴られたが、繰り返しているうちにだんだんと打ちやすいボールを投げることができるようになり、いつの間にか樋口らは結構楽しげな表情になっていた。連中の間で「あれぐらいのタマだったらもっと飛ばさんかい」「うるせー、馬鹿」「あっ、まずった」「おーっ、飛んだっ、どうだーっ」といった声が飛び交い、いつも怖い顔つきをしていたはずの男たちが歯を見せて笑っているのを見て、何だかいいことをしているような気がしてきたものだった。

その後、ちょくちょく樋口たちから声がかかり、バッティングピッチャーをやらされた。樋口がよその学校の連中と派手な乱闘をして退学する二月ぐらいまで、週に二回は投げていたように思う。そうするうちに樋口たちとは友達でもないが標的にされることもないという微妙な関係になり、学校で「おう、良郎」などと言われたりもするので、他の連中からもいじめられたり使いっ走りを強要されたりといったことがなくなった。割と重宝されていた、ということか。樋口らとはその後会っていないが、どこでどうしているだろうか。再会したいとは別に思わないが……。

良郎が通っていた高校はあまり進学率がよくなかったが、運よく県内にある二流大学に入学することができた。経済学部だった。最初のうちはまじめに授業に出ていたものの、退屈で難解な講義が多かったため、仲良くなった同級生らにつられるような感じでやがて必須科目ぐらいしか出なくなり、あとは下宿している奴のアパートにたむろして麻雀をしたり安酒を飲んだり、パチンコ店通いをしたり、さまざまなアルバイトをしたりといった怠惰な日々を送った。それでも四年で卒業できたのは、良郎よりもさらに試験の成績が悪い者がたくさんいてくれたからだった。

卒業して、王崎ホームに入社。地元ではよく知られている宅地開発会社に就職できたのは、空前のバブル景気に沸いている時期で、売り手市場だったからに過ぎない。総務希望だったが、結果的に営業畑を歩くことになった。妻の康世とは、就職して四年目に中学の同窓会で再会、彼女の実家が王崎ホームの一戸建てを購入していたことがきっかけでつき合うようになった。康世とはクラスが一緒になったことはなく、顔を知っている程度でしかなかったので、偶然のいたずらみたいな出会いと結婚だった。

そこまで思い出したところで突然「こんにちは」と声をかけられた。

目の前にいた若い女性は、確かに記憶にあるはずだったが、どこの誰なのかがすぐには判らなかった。

良郎が言葉を見つけられないまま見返していると、若い女性が「栗原です。ご無沙《ぶさ》汰《た》しています」と笑って会釈した。

「ああ……」

よく見ると、確かに栗原小奈美だった。一度、ファミリーレストランでアルバイトをしている彼女に偶然会っているのに気づかなかったのは、あのときと印象が違い過ぎていたからだった。

良郎は、目の前にいる栗原小奈美をあらためてまじまじと見た。

頭にはペイズリー柄のバンダナをかぶって後ろで結んでおり、サーモンピンクのブラウスにジーンズ。買い物をしたということなのか、片手に小さなポリ袋を提げている。

だが、そういう外観の違いのせいだけではなかった。今目の前にいる彼女は、柔和な表情で、目に生き生きした何かが宿っているように思えた。王崎ホームの住宅展示場で派遣社員として働いていたときに見せてくれた、営業用スマイルとも違っていて、エネルギーみたいなものに覆われているような雰囲気さえあった。

「その後、どうされてますか？」

小奈美が白い歯を見せて聞いた。

「私は……まだ仕事が見つからなくてね」

「そうですか」小奈美はちょっとうつむいてから、気を取り直したように再び笑顔になって「今、お忙しいですか」と聞いた。

「いや、全然」

良郎は力なく笑いながら片手を振った。

「よかったら、私のお店にちょっといらっしゃいませんか？　紅茶でよければご馳走《ちそう》させていただきますよ」

「へ？」

私のお店……喫茶店でも開いたのだろうか。でも、そういうのは資金がいるはずだ。実はカネ持ちの娘だったとか、パトロンがいるということだろうか。

小奈美から声をかけられたこと自体が妙でもあった。もともと、そんな間柄ではない。

もしかして、風俗関係の店だったりして……。

そんなことを考えているうちに、小奈美から「遠慮しないで是非いらしてくださいよ。すぐそこですから」とさらに誘われ、良郎は「ああ、じゃあ、まあ……」と曖昧にうなずき、自転車を押してついて行った。

連れて行かれたのは、一階が小さなゲームショップになっている細長い雑居ビルだった。王崎ホームの社屋から、距離は三百メートルほどしか離れていないだろう。

細長い階段を上がると、二階の右手に雑貨店らしき店があり、左手は歯科医院になっていた。小奈美が「ここなんです」と手で示したのは、雑貨店の方だった。売り場面積は普通のコンビニエンスストアの半分ぐらいで、若い女性店員が一人おり、小奈美に「お疲れさまです」とあいさつをし、良郎にも「こんにちは」と笑顔を向けてきた。良郎は少しどぎまぎしながら「どうも」と会釈を返した。若いカップルの客が一組いて、輸入雑貨らしきアクセサリー類を見ながら話をしていた。

奥の狭いスタッフルームに通された。事務机が二つあり、ノートパソコンや電話機が置いてある。壁の掲示板にはさまざまな書類やメモがピンで留められてあった。事務机の一つには別の若い女性スタッフが一人座っていて、封筒に宛名《あてな》書きをしている。彼女からも「こんにちは」とあいさつをされ、良郎は同じ言葉を返した。

「こんなところですみませんが、どうぞ」と、小奈美からパイプ椅子を出され、良郎は室内をきょろきょろしながら腰を下ろした。机も、椅子も、窓にかかっているブラインドも、隅にあるワゴン台も、その上にある電気ポットも、長年使い込まれたものらしかった。特に事務机はかなり昔の、ねずみ色のもので、あちこちに錆《さび》が出ていた。電気ポットも一部が少しへこんでいる。

小奈美が出してきたのは、ティーバッグを入れてお湯を注いだだけのマグカップだった。「砂糖とか、要りますか」と聞かれ、「あ、いや、そのままでいいよ」と答えて受け取った。見ると、ティーバッグから紅茶の色がじわじわと広がっているところだった。少し待ってから飲んだ方がよさそうだったので、近くにあった事務机の隅にいったん置いた。

「私、今こういうことやってるんです」と、小奈美が名刺を出し、近くの事務椅子を引いて座った。座るときにきしむような音がした。

〔株式会社フェアメイド　社長　栗原小奈美〕

という文字が最初、読み間違いだったような気がして、もう一度目を近づけた。

「社長……」

良郎は訳が判らず、名刺と小奈美を見比べた。

「といっても、NGOと何人かの個人が共同出資して作った小さな会社ってだけなんですけどね。私が社長なのは、単に言い出しっぺだからやらされてるだけで。給料なんか、普通にアルバイトやってる方がいいぐらいなんですから」

小奈美はちょっといたずらっぽく舌を出して笑った。

「えーと、輸入雑貨か何かを扱ってるっていうこと？」

「ええ、開発途上国からコーヒー、紅茶、石けん、アクセサリー、工芸品なんかを輸入してこの店や通販で売ってるんです。まだ立ち上げて三か月ですけど、軌道には乗ってきたかな、何とか」

「へえ、輸入雑貨を扱う会社か……」

うなずきながらマグカップを手にして、一口すすった。紅茶の味の善し悪しは判らないが、一般のスーパーなどで売られている紅茶とはちょっと風味が違っていた。

「でもまあ、おカネもうけが目的じゃないので。あくまで対等な形での支援のためにやってるんです」

「はあ……つまり、あれかな？　途上国の人たちを支援するために、あちらで作られたものを輸入して売ってる、と」

「はい、簡単にいえば」小奈美は笑ってうなずいた。「支援活動って普通、私たちはいいことをしてるんだっていう感じで、一般の人はちょっと近寄りがたいところがあるじゃないですか。私、実をいうと以前から興味があってボランティア活動のようなことにはちょこちょこかかわってきてたんですけど、どうも敷居が高いっていうか、ついていけない部分があって、自分の居場所が見つからないっていうか、もどかしい気持ちでいたんです。そんなときに何人かの知り合いからここの立ち上げに誘われて、話を聞いて、ああ、そういうのっていいなーって思ったんです。ほっとしたっていうか。もともと私、熱くなって何かに一所懸命取り組むっていうのがちょっと怖いっていうか、苦手だったんですよ。だから、あまり熱くならないで、自然体でできることが見つかって、よかったーって」

「ほお、自然体でできること、か……」

「ボランティアではなくて、会社の事業としてやるので一応はビジネスですし、支援される側の人たちとも対等なんで、その分、気を楽にもってできるんです。それに、私が曲がりなりにも社長をやってるっていうのが、大発見だったっていうか、何だかいい感じで冒険させてもらってますよ。全く別の人生を今、経験してる、みたいな」

そうか、彼女は彼女なりに生き方のようなものを探していたのか。

それにしても、普通の派遣社員だと思っていた女性がこんなことを……。良郎は、それに比べて自分は何をやってるんだと、情けなさから、小さなため息をもらした。

「その紅茶、インド産なんですけど無農薬栽培なんですよ」小奈美は少し誇らしげに言った。「真面目《まじめ》に、丁寧《ていねい》に作られたものを、おカネを出して買う。普通の商品よりは割高ですけど、買って飲むことでよその国の人たちがちょっと身近になるし、わずかながらも支援ができたということで少しいい気分になれるんです」

良郎はもう一度紅茶に口をつけた。インドの人たちがお茶を摘《つ》んだり、乾燥させたりしている様子が何となく浮かんできた。リアルに想像することはできないが、確かに今まで考えもしなかったことに思いが及んで、得したような気分になる。

「うん、旨い」

良郎はうなずいて返したが、小奈美の笑顔がまぶしくて、つい目をそらした。

7

〔フェアメイド〕を後にした後、良郎はもう一度〔市民の森公園〕に足を向けた。まだ帰宅していい時間ではなかったし、他に行くべき場所も思い当たらなかった。

自転車のカゴには、ティーバッグ十個入りの紅茶の箱があった。小奈美は「いいですよ、そんなつもりで来てもらったわけじゃないから」と言っていたが、帰り際に一つ買ったのだ。確かに、ちょっぴりいいことをしたという気分になる。

彼女が声をかけてきた理由が何となく判った。

きっと、思い詰めた顔だったのだろう。元気を出してもらえることは何か、自分がしてあげられることは何かを考えて、店に連れて行ってくれたのだ。

確かに、少し元気をもらった。

人は変われるものなんだな、とも思った。

さきほどの芝生広場ではなく、今度は遊具が集まっている広場に行き、ベンチに腰を下ろした。太陽が出ているが気温はあまり高くなく、涼しい風が吹いている。平日の昼間のため、遊具で遊んでいる子供は数人しかおらず、若い母親同士がおしゃべりをしている。

ふと、他人の声がしたので振り返ると、若い母親と三歳ぐらいの女の子が木陰でしゃがみ、何かを拾っていた。

「またあったよ、ドングリ」

女の子がそれを目の高さに上げて見せ、お母さんが「よかったねー」とうなずいて受け取る。お母さんはハンカチ包みを開き、受け取ったドングリをそこに入れる。既にいくつかのドングリがハンカチの中にあるようだった。

女の子はしゃがみながらなおも場所を移動してゆき、ドングリ拾いを続ける。あちこちに落ちているようで、その後何度も「あったよー」「よかったねー」の会話が繰り返された。

そうか。もうそんな季節になったか。確かにこのところ、陽射しがおだやかな感じになってきたと感じていたが、もうドングリが落ちてるのか。

ちっちゃい頃によく拾ったなあ。

近所の神社にドングリの木がたくさんあり、取り放題だった。幼稚園の頃にはしょっちゅうその神社に行って、両ポケットいっぱいに詰め込み、なぜか近所の郵便受けに少しずつ入れて回ったりした。おそらく、お裾分《すそわ》けをしているつもりだったのだろう。近所の人からそれを知らされた母親から、ほっぺたをつねられて大泣きしたことを覚えている。小学校低学年のときには図工の材料としてたっぷりドングリを持って行き、友達に頼まれて分けてやって、鼻が高かったという思い出もある。

ドングリか。子供は何であんなものを集めたがるのだろうか。食えもしないのに。

そこまで思ったところで、ん？　と頭をひねった。自分が今思ったことに何か違和感があった。

いや、ドングリは食えなくはない。小学校のときに社会で習った。縄文《じょうもん》時代はみんなドングリをたくさん食べていたと。弥生《やよい》時代になっても食べていたはずだ。

縄文時代って、どれぐらいの昔だったっけか？　確か、一万年近く前から、弥生時代が始まるまでだったはずだから……八千年近くの年月があったということではなかったか。

つまり、日本人は八千年もドングリを食べ続けていた、ということだ。米を食べるようになってまだ二千数百年。ドングリの食習慣の方がはるかに長かった、ということになるのではないか。

どうやって食べるのだろうか。ゆでるか、煎《い》るかすればいいのだろうか。家にあるノートパソコンでインターネット検索すれば、情報が得られるかもしれない。

良郎はベンチから立ち上がり、辺りの木々を見回した。女の子とお母さんがしゃがんでいるところだけでなく、ドングリの木は案外この公園内に多いはずだった。夏に園内を歩いていたときも、陽当たりが悪くて苔《こけ》が生えているような場所に、前年に落ちたと思われるドングリがあちこちに転がっていた。

食えるのなら、食ってみようかな。案外、栗《くり》に似た味だったりして。妙に興味が湧き、良郎は歩き出した。もう一人の自分が、とうとうお前はおかしくなってきたんじゃないかと言ってきたが、聞こえなかったことにした。

遊歩道沿いに茂っている木々の中に分け入ってみた。枯れた小枝、湿った落ち葉、苔。腐葉土《ふようど》の匂いが鼻腔《びこう》をくすぐった。舗装された遊歩道を歩いていたときには気づかなかった独特の湿り気がそこにあった。

ドングリは、前年のものだと判る古いのもあったが、見るからに新しい、光沢を放っている新しいものもあちこちに落ちていた。ドングリといっても種類があるらしく、木によって、形や大きさがさまざまで、長細いもの、ずんぐりして大きなもの、丸っこくて小さなものなどがあった。

良郎は、光沢がある新しいものを、とりあえず種類は区別しないで拾い、スーツのポケットに入れていった。両ポケットが膨らんできたところで上着を脱いで、内ポケットにも入れた。

上着のすべてのポケットが満杯になったところで腕時計を見た。まだ午後三時前。康世はスーパーのパート、真美は予備校に行っているはずだから、家には誰もいない。

自転車を漕いで帰宅し、玄関前に立って、もし康世か真美が家にいたときには「頭痛がひどいので帰宅した」と説明しようと決めてから、ドアの錠に鍵を差し込んだ。

幸い康世も真美もおらず、家の中は静まり返っていた。良郎はまずは台所に行き、ボウルにドングリを入れて水洗いした。それからダイニングのテーブルにノートパソコンを置いて立ち上げ、インターネットに接続した。

〔ドングリ　食べる　調理〕〔ドングリ　調理法　味〕などのキーワードで検索してみたところ、簡単に情報を得ることができた。多くは個人のブログだったが、鮮明な写真を使ってドングリの種類や調理法などを紹介したり、味についてコメントしているものがいくつかあったので、ほんの数分でだいたいのことが判った。

「何だ、ドングリ食ってる人って、結構いるんだ」

良郎は少しあきれたような、感心したような少々複雑な思いを抱きつつ、情報をメモ書きした。

――ドングリと呼ばれているものの代表格は、スダジイ、マテバジイ、ツブラジイの三種類で、いずれも平野部の雑木林《ぞうきばやし》、公園、神社などに生育している。他に、山間部に多いクヌギやコナラなどもドングリの一種だが、こちらは渋味が強くて食べにくい。

スダジイは細長く、マテバジイは細長くて粒が大きく、ツブラジイは丸っこくて小さいので、外見で容易に区別できる。いずれも生食可だが、タンニンによる渋味があり、また虫が寄生している可能性や、消化のしやすさなども考えると、調理した方がよい。調理法は、煮る以外に、焼いたり煎ったりする方法がある。焼くときは殻《から》に割れ目を入れておかないと破裂する危険性があるので注意。煎るときは油を引いたフライパンで殻が裂けるまで弱火で熱を通せばよい。

採取するときは自然に落下したもののうち大きなのを選ぶ。小さなものは中身が空っぽのことがよくあるので避けた方が効率がよい。

収穫できるのは九月の終わり頃から十一月頃までだが、数日間水に浸してから一週間ほど天日干しすると、中の実が乾いて振るとコロコロ鳴るようになり、皮がむきやすくなる。後はざるなど風通しのいい容器に入れておけば、一年中食べることができる。ちなみに、水に浸すのは中に虫がいた場合に殺すため。また、既に虫に食われたもの、腐食しているもの、中身が空のものは水に浮くのでその段階で取り除く。

なお、ドングリは高カロリー食品で脂肪分が多く、便秘や吹き出物の原因になることもあるので、普段の食生活を考えると食べ過ぎないように注意したい。

ひととおりのことが判ったところで、まずはボウルに水を入れ、浮いてきた十数個を取り除いた。次は分類。いくつかのブログにある写真と照合してみたところ、〔市民の森公園〕で拾ったドングリは、八割近くがスダジイとマテバジイで、後はツブラジイとクヌギだった。

まずはそれぞれを生食してみた。押し入れの奥から工具箱を引っ張り出し、小型のペンチを使って皮を割り、ひっぺがすようにしてむいてから、口に入れた。スダジイは、旨いとまでは思わなかったが、ほのかに甘みがあり、栗に似ていなくもない。食感もまあまあ。マテバジイ、ツブラジイは少し苦味があった。クヌギは最悪で、舌がしびれるぐらいの渋さだったので反射的に吐き出した。インターネットで得た情報のとおり、クヌギはよほど念入りにあく抜きをしないと食用にはなりそうもない。

ガスコンロを使って調理してみることにした。クヌギだけは取り除き、片手鍋に三種類のドングリのうち半分ぐらいと、それが浸るぐらいの水を入れて火にかけた。隣のコンロではフライパンにサラダ油を薄く引いて、残り半分のドングリを弱火で煎ることにした。

自炊生活をした経験はないが、簡単な調理ぐらいはできる。王崎ホームで働いていたときに帰宅が遅くなって夕食にありつけず、既に就寝している康世を起こさないよう気を遣いながら、あり合わせの食材で酒の肴《さかな》を作るということは、数え切れないぐらいあった。

鍋の方は沸騰したところで弱火にし、ふたをしてさらに煮た。フライパンの方は、五分ほど、菜箸《さいばし》を使って転がしながら煎っていると、ぱちぱちと殻が裂ける音がし始め、栗のような香ばしさが漂ってきた。

「おお、旨そうじゃないか」

自然とほおがゆるんだ。

充分に煎ったところでフライパンの火を止め、鍋の方はもう少し煮てから止めた。

腕時計を見ると、もう四時になろうとしていた。康世か真美が帰って来るかもしれないので、後片づけを始めた。台所を使ったという痕跡は残さない方がいい。

〔隠蔽作業《いんぺいさぎょう》〕を終えた良郎は、小型のポリ袋を自転車のカゴに積んで、近くの児童公園へと向かった。ポリ袋は二つあり、一つには水煮したドングリ、もう一つには煎ったドングリが入っている。どちらにも塩を振っておいた。

木陰のベンチを選んで腰を下ろし、まずは煮た方のドングリから試食してみた。殻が柔らかくなっており、一応持参したペンチを使わなくても、爪《つめ》で皮をむくことができた。ただ、内側の渋皮がひっついており、ちょっと面倒くさい。良郎は「水煮は天日干ししてからの方がよさそうだな」とつぶやきながら渋皮をむき、口に入れた。一つ目の種類は、粒が大きなマテバジイである。

噛みしめてすぐに「おおっ」と声を出した。生食したときよりも、はるかに味がいい。クリほど甘くはないが、ほくほくしていて悪くない。

「へえ、いけるじゃないか」

良郎は自分の顔がにやついているのを自覚しつつ、次々と皮をむき、口に入れていった。

スダジイ、マテバジイ、ツブラジイの三種とも、充分に食材として通用する味だった。特にスダジイは他の二種よりも甘味がある。塩を振ったことで甘味をより感じることができたようだった。

煎った方のドングリは、さらに香ばしくて、食感もピーナッツみたいで、良郎としてはこちらの方が好みに合っていた。何だか酒が欲しくなり、いったん食べるのを中断して、最寄りのコンビニエンスストアに行って、ビールタイプの発泡酒を二缶買った。

発泡酒を飲みながら、ドングリの皮をむいて、食べた。そうしているうちに何だか急に笑いがこみ上げてきて、良郎は「ぐふふふふ」と声に出した。小犬を連れて散歩に来ていた初老の女性が、眉をひそめるような表情で足早に通り過ぎて行った。

笑いの原因は酒のせいではなかった。

失業して収入がなくなったって、食べる物がただで手に入りさえすれば、飢え死にすることなんてない。日本人が米よりも長い年月食べてきたドングリは、その辺でいくらでも手に入るのだ。拾って帰っても、誰も文句なんか言わない。しかも、煎ったりゆでたりしたら、結構いける。

今の世の中、失業して、追い詰められて自殺する人がたくさんいる。しかし、飢え死にしてしまった人なんてめったにいない。みんな、このままだと飢え死にしてしまうのではないかという不安にかられて、もう駄目だと思って、早まった選択をしてしまっているだけのことだ。

食い物が、その辺に落ちてるのに。

あ、そうだ。もっと秋が深まれば、イチョウの実、ギンナンだってあちこちの道路沿いや公園内に落ちて、年輩の人たちがよく拾っているではないか。外側は臭いけど、殻の中身は酒のつまみや茶碗蒸しの具になる。

もしかしたら、他にも食べられるものが案外、その辺にあるのかもしれないな、ということにも考えが及んだ。例えば、子供のときに祖母宅に行くと、ときどきヨモギ餅を食べさせてもらったが、ヨモギは近所の土手やあぜ道に生えていると教えてもらった覚えがある。

何でこんなことに気づかなかったんだろう。カネの稼ぎが少ないのなら、食料の一部をただで手に入れちゃえばいいではないか。単純明快なことだ。

良郎はさらに発泡酒を飲み、ドングリの皮をむきながらへらへら笑い続けた。


翌朝、良郎は自転車に乗って〔市民の森公園〕に行き、ドングリを拾いながら他の野草も探してみた。服装は相変わらずスーツ姿で、手には大型のブリーフケースを提げていた。ブリーフケースの中には、大型書店で見つけたハンディタイプの〔食べられる野草ガイド〕の他、百円ショップで買った細長いスコップ、ポリ袋や、野草を包むための古新聞などが入っている。スーツにブリーフケースというのは野草を探し回る格好でなかったが、出勤するふりを続けなければならないので仕方がない。

昨夜良郎は、昼間にこっそり帰宅できる時間を確認しておいた。康世のパートは、普段は午後一時から夕方六時までで、日曜日が基本的に休みということになっているが、シフトが変更になったときはダイニングのカレンダーにそのことが記入される。今週でいうと、明後日の金曜日が午前九時から午後四時までに変更されていた。真美についても、康世に「あいつ、予備校にはちゃんと行ってるのかな」と、それとなく話しかけて、日曜日以外の午前九時から夕方五時頃まで真美は家にいることはまずなく、授業がないときも予備校の自習室にいるはずだ、という情報を得ることができた。つまり、日曜日を除いて午後から夕方にかけては基本的に家には誰もいない、ということである。

この日は曇り空でときどきひんやりした風が吹いていた。良郎はまず、〔市民の森公園〕に行き、ガイドブックに載っている写真とにらめっこをしながら、食べられる野草を探してみた。

残念ながら、食べられる野草の多くは春から夏にかけてが採取時期である。誰でも耳にしたことがある、ウド、ゼンマイ、ワラビ、セリ、ナズナ、ヨモギ、ツクシといった野草もだいたいは春から夏にかけてのもので、もうすぐ十月になろうというこの時期だと、生えていなかったり時期的に食用に適さなかったりで駄目らしい。俗にいう〔春の七草〕はいずれも食用の野草だが、〔秋の七草〕と呼ばれるものは観賞用であって食べるものではないということも、ガイドブックで初めて知った。

しかし、秋にも食べられる野草が全くないわけではない。

例えば、一年中そこら辺に生えているタンポポ。最もよく見かけるのは外来種のセイヨウタンポポだが、葉はゆでてあく抜きをすれば苦味が取れ、おひたし、あえ物、炒め物、天ぷらに使える。花も天ぷらになるし、根っこはきんぴらにすれば旨いという。

スーパーなどで立派な野菜として売られているミツバも、川の周りや林の湿った場所に行けば案外見つかり、しかも一年中採れる。葉や葉柄《ようへい》、根の近くにある白い茎をおひたし、あえ物、天ぷらなどにする。

その他、湿り気がある場所に群生するフキは夏が旬だが、十月ぐらいまでは葉も葉柄も柔らかくて食用に使えるし、ネギやニラの仲間であるノビルの葉は春が旬だが、根近くの球状の白い茎は一年中食べられる。その他、イチョウの雌株の実であるギンナン、外来種で今は全国に繁殖しているキクイモなどはまさにこれからが旬である。

一時間ほど歩き回ったところ、ドングリはたっぷり拾えたものの、野草はセイヨウタンポポぐらいしか見つからなかった。だが、数だけはあちこちにたくさん生えていたので、苦味が比較的弱いとされる、葉が大きくない若いものを選んで根ごと抜き、新聞紙にくるんだ。何度もかがんだり立ったりするうちに腰がだるくなってきたが、王崎ホームで働いていたときに体験した、逃げ場のない鈍痛ではなく、案外心地よい痛みだった。また、かがむ動作を繰り返しているうちに、上体を折り曲げるのではなくて、ひざをしっかりと折って上体をできるだけ倒さないようにすれば、腰への負担が軽くなることにも気づいた。

〔市民の森公園〕の後は、自転車で周辺の児童公園、空き地、川沿いの土手などを巡った。ただし、犬の散歩コースになっていそうな場所は、おしっこをかけられているおそれがあるので、目的の野草が見つかっても手を出さないことにしていた。

市内の中心部を流れている加江瀬川の支流である小布施《おぶせ》川沿いを歩いてみると、少しだけだが土手の斜面にミツバが見つかった。また、上流側に進むうちにノビルも手に入り、市営団地裏のJR線沿いでは、キクイモがたくさん、小型のヒマワリのような黄色い花を咲かせているのを発見した。キクイモの収穫は花と茎が枯れるまで待たなければならないが、花が咲いているときに場所を頭に入れておけば、後は掘るだけで手に入る。

ハンカチで首筋と額ににじんでいた汗をぬぐったときに空腹を感じたので腕時計を見ると、いつの間にか午後一時になろうとしていた。そろそろ帰るか。良郎は膨らんだブリーフケースを提げて自宅へと向かった。

8

昼過ぎに帰宅した良郎は、台所でさっそく調理にかかった。ドングリは水洗いし、百円ショップで買ったポリバケツに水と一緒に入れる。浮いてきたドングリは取り除いて、康世にばれないよう新聞紙にくるんでゴミ箱の奥に突っ込んだ。ポリバケツは、狭い庭の隅にある納屋《なや》の中に隠した。もともとは康世が「園芸用品を収納したいから」と言い出して買った納屋だが、今では不要品を押し込んであるだけの物置きになっており、康世が中を覗《のぞ》く可能性はほとんどない。現に、納屋の周りは雑草が伸び放題で、誰かが最近立ち入った形跡もなかった。ドングリは、このまま一週間ほど水に浸してから自然乾燥させ、保存食として使う計画である。自然乾燥させる場所は、誰もが家にいないときを狙ってバルコニーなどに新聞紙を敷き、その上にドングリを並べればいいだろう。毎日、新聞紙を敷いて乾燥させて片づけて納屋に隠す、という作業を繰り返さなければならないが、数分でできることだからたいした手間ではない。

セイヨウタンポポは水洗いし、葉と花をむしり、根っこを切り取った。葉はざる一杯分ほどあった。少し葉を生でかじってみたところ、苦くて吐き出した。

鍋に水を入れて火にかけ、沸騰したところで塩を入れて、セイヨウタンポポの葉と根っこをゆでた。塩を入れると緑色が鮮明になり、葉から余計な水分も早く抜ける。苦味を取るためやや長め、三分ほどゆでてから、冷水にさらす。良郎は、菜箸で葉や根をつまみ取り、氷水を入れたボウルに移し換えた。あとは軽くしぼってざるで水切り。ゆでたタンポポは、見た目のボリュームが最初の三分の一程度になった。

あらためて葉を口に入れてみると、しっかりゆでたせいか、苦味が気にならなくなっていた。味も、格別旨いとは思わないが、不味《まず》くもない。ちょっと小松菜に似ていなくもない。おひたしにするときは他の野草も混ぜた方がいいかもしれない。

残っている熱湯でミツバもゆでた。こちらは一分程度。見た目、たまに食べている市販のミツバよりも色が濃いようだった。香りも強くて、栄養価が凝縮されているような気がする。

少し口に入れてみた。柔らかくなっていたが、ほどほどにしゃきしゃき感も残っており、口の中に嫌味のない苦さが広がった。脂《あぶら》っこい物を食べた後に口の中をさっぱりさせる効果もありそうだった。

フライパンにサラダ油を一センチほどの深さまで入れて、今度はタンポポとミツバの天ぷらを作ることにした。油を少なめにしたのは、使い過ぎると康世に気づかれるからだったが、少ない油でも揚げ物はちゃんとできることは体験上知っている。天ぷら粉は、流し台の下にある食料棚にあった。

セイヨウタンポポの、葉、根っこ、花、すべて天ぷらにした。ミツバは、ガイドブックによると卵との相性がいいらしいので、砂糖を少し入れた溶き卵に混ぜて、卵焼きを作った。ノビルは球状の白い茎をきざんで、薬味として天つゆに混ぜた。きざんでいるときに、ネギの辛味成分を凝縮したような、食欲をそそる香りが漂った。少し指先につけて口に含んでみると、こんなものがその辺に自生しているのかとびっくりするほど、舌にぴりっとくるいい辛さで、つばがどんどん湧いてきた。

炊飯器に残っているご飯を電子レンジで温めて、天ぷらと卵焼きの昼食が出来上がった。なかなか立派な仕上がりだったので箸をつける前にしばらく眺め、携帯電話で写真を撮った。香りを写すことができないのが残念だった。

タンポポの葉の天ぷらは、さくさくしていていい食感だった。見た目は衣の下にある葉の緑が濃くて、癖がありそうに感じるのだが、食べてみると苦味もほどほどで口の中に嫌な味覚も残らない。ゆでたときには少し気になっていた青臭さも消えており、いくらでもいけそうだった。しかも、天つゆに混ぜたノビルのお陰で、さらに後味がよくなっている。

花の天ぷらも、独特の苦さと香りがあって、ときどきこれを食べることでいいアクセントになるようだった。柔らかい花の部分とこりこりしたつけ根の部分とがあって、食感に奥行きのようなものも感じられる。一方、根の部分は、味はあまり判らなかったが筋っぽさもなくて歯ごたえがよく、ガイドブックにあったようにきんぴらなどにして他の食材と協調させるといい脇役になりそうだった。

ミツバの卵焼きは、さっきまで太陽の光を浴びて育っていた葉の威勢のよさが実感できる鮮烈な香りを放っていた。卵焼きの薄黄色とミツバの濃淡ある緑のコントラストもきれいで、なかなか絵になっている。

少し天つゆにつけて食べてみた。温かさが残っている卵は柔らかくて、ミツバはしゃきしゃきした食感。互いに足りないところを補い合っている感じで、いいコンビに思えた。味も、ともすれば自己主張し過ぎるきらいがあるミツバの青い苦さに卵がブレーキをかけて、より食べやすくしている。これなら冷めても旨いだろう。

お陰でご飯も進み、二杯食べた。二杯目の途中でおかずがなくなってしまったが、ノビルが入った天つゆをかけて残るご飯も平らげた。ご飯がこれだけ減ったら康世に間違いなく気づかれるので、今夜にでも、これからは節約のためにいったん帰宅して昼食を取るようにする、とでも説明しておいた方がよさそうだった。

良郎は冷蔵庫から大型ペットボトルのウーロン茶を出して茶碗につぎ、それを飲んでから腹をさすった。昼飯をこんなにたくさん食べたのは久しぶりだ。普通だったら絶対に胸焼けを起こすところだが、そんな気配は全くなく、むしろほどよい満腹感だった。

午前中、ずっと歩き回ってたっぷり運動したからなんだな。良郎は、今日の半日だけで身体じゅうの細胞が永い眠りから覚醒《かくせい》したような気さえしていた。

いつの間にか、テーブルに突っ伏して居眠りをしてしまっていた。意識を取り戻して上体を起こすと、テーブルの上によだれの小さな水たまりができていた。腕時計を見て、三十分ほどまどろんでいたらしいことを知った。

「おっと、いかん、いかん。後片づけをしなきゃな」

良郎はつぶやいて大きく伸びをした。夕方までの時間は市立図書館に行って、調理関係の本を探して勉強する予定だった。

良郎は、上体をひねって腰の様子を確かめてから「よし」と声にしつつ立ち上がった。


野草採取と昼食の自炊は、その後も日々続いた。雨の日も、傘をさして、スーツができるだけ汚れない場所を選んで食材を求めた。そうするうちに野草のポイントが日ごとに増えてゆき、農業用水路に面した児童公園の隅にミツバが、加江瀬川の支流である小布施川沿いにある神社の敷地内に林立する杉の合間にはフキがそれぞれ群生しているのを見つけ、キクイモの花が咲いている土手や空き地も次々と頭にインプットされた。康世や真美が家にいる日曜日はドングリ拾いをメインにし、ポリ袋ごと納屋の目立たない場所に隠しておいた。

そんなある日、ご飯が減る割には冷蔵庫の食材が卵ぐらいしかなくならないことに不審を抱いた康世から「おかずは何を食べてんのよ」と聞かれた。とっさに「卵ごはんが多いかな」と答えると、「失業してるからって、そこまで節約することないじゃないの。まるで私がそこまで追い詰めてるみたいで、やあねえ」と顔をしかめて言われ、「いや、実は惣菜《そうざい》も買ったりしてるから」とあわてて訂正した。

十月上旬は晴天の日が続いた。良郎は市内を歩き回ってさらに野草ポイントを開拓し、自転車を使って行動範囲を広げていった。

その日の午前中、良郎は市内の中心部を流れる加江瀬川の土手でミツバを見つけて葉を摘《つ》んでいた。ミツバは根から引っこ抜いてしまわず、外側の葉や葉柄だけを摘む。そうすると、またその場所に生えてくるのである。

途中で何となく視線を感じたので見上げると、土手の歩道に一人の老人が立ってこちらを見ていた。七十は過ぎていると思われる細面《ほそおもて》の老人だったが、鳥打ち帽にベージュのVネックセーター、チェック柄のスラックスという、英国紳士風のおしゃれな格好をしており、背中もしゃんとしていた。良郎が曖昧に会釈すると、老人が「何か採ってらっしゃるんですか」と聞いてきた。

「ミツバです」

良郎が、手に持っていた数枚の葉を掲げて見せると、老人は少し驚いた顔になって、数歩近づいて来た。

「ミツバというと、茶碗蒸しとか味噌汁《みそしる》に入れる、あのミツバですか」

「ええ」

「お店でも売ってる、野菜の」

「はい」

「そんなものが、こういうところに生えているんですか」

「川の周りとか、木が茂っていて湿気が多いところなんかには案外生えてるんですよ。野生のミツバはスーパーとかで売ってるのより、味も香りも濃くて、いけますよ」

「へえ、本当ですか」

老人がかなり興味を持っているようだったので良郎は、ちょっと得意な気持ちになったこともあり、ブリーフケースとミツバを持って土手を上がった。

「よかったら匂いをかいでみてください」

ミツバの葉の束を差し出すと、老人は顔を近づけて鼻をくんくんさせた。

「おお、確かに。昔のミツバの香りですな。今ごろがミツバの季節だとは、恥ずかしながらこの年になるまで知りませんでした」

「いえ、ミツバは一年中採れますから。秋だけじゃありません」

「えっ、そうなんですか。こりゃとんだ恥をかきました」

老人は後頭部に片手をやった。

「いえいえ、普通はそんなものですよ。おっ、ノビルもあった」良郎は土手を右斜めに二メートルほど下りたところにそれを数株見つけた。「ノビルはご存じですか」

「もちろんです。薬味で使う、あれですよね」

「ええ、そうです」

良郎は足もとにブリーフケースを置き、その上にミツバを載せてから採りに下りた。根もとをつかんで引っこ抜くと、大小三つの丸く白い茎がついていた。

良郎は根っこの土を落とし、歩道に上がって「ほら、ノビル」と、それを老人に見せた。「こういう土手の、土が軟らかいところなんかでときどき見つかるんですよ。葉っぱは春が旬ですけど、この根っこ近くの丸い部分は一年中食べられます」

「へえ」老人は感心した様子でうなずき、良郎が持っているノビルをしげしげと見つめた。「ノビルか、いいなあ。実をいうと、私は昔からこいつの辛味が好きでしてね。味噌をつけてそのままかじると、舌がぴりっとして、実に旨い。刻んで味噌と混ぜて、飯に載せて食ってもいいし」

「あ、よかったらこれ、差し上げますよ」

良郎がそう言って差し出すと、老人は、えっ、という顔で見返した。

「いや、そんな。せっかくあなたが手に入れられたものを」

「そんな遠慮はいりませんよ。ただで見つけたものなんだし」

良郎はブリーフケースを拾い、中から新聞紙を一枚抜いてそのノビルと先ほどのミツバを一緒に包んで、老人に渡した。

「いいんですか、本当に。ミツバまで」

口では遠慮しているが、老人はあっさりそれを受け取った。やはり欲しかったのだろう。

「どうぞ、どうぞ。どうせ他の場所でも採れますから」

「じゃあ、せっかくですので、いただきます。どうもありがとうございます」

老人は新聞紙の包みを両手で持ち、額の高さに上げながら礼を言った。

「よかったら、フキもいかがですか。さっき他の場所で採ったんですけど」

良郎は、ブリーフケースの底からさらに新聞紙の包みを取り出して広げ、中のものを見せた。葉がついたままのフキの葉柄が二十本ほどある。

「おや、本当にフキですな」

「旬は初夏なんですが、十月頃までは食べられるんです。ただし、この時期はどうしても葉柄が硬くなっているので、長めに下ゆでして、皮をむいてから調理しなきゃいけませんがね」

「いや、せっかくのご厚意ですが、フキは遠慮させていただきます」老人はちょっと困った顔になり、片手で制する仕草を見せた。「筋っぽい部分がある食べ物は歯にはさまってしまって、後で取るのに苦労しますのでね。それに、うちのが最近、面倒な調理を嫌がるようになってしまったもので」

態度をはっきりさせる性格の人らしい。良郎は「そうですか、判りました」とうなずき、フキの包みをブリーフケースに納めた。老人が「フキの芽のフキノトウなら喜んでいただくところですが」と言うので、良郎は心の中で、フキノトウだったら簡単にあげないよ、とつぶやいた。

「ところで、今日はお仕事が休みで野草を？　それとも、そのお姿からすると、お仕事の合間なのですかな」

老人から聞かれ、良郎は少しためらったが正直に「いいえ、今は失業中の身でして」と苦笑いした。「就職活動をしてはおりますが、なかなか見つかりませんで。それでまあ、暇つぶしを兼ねて、昼飯のおかず用に野草を採っていたところです」

「ほお、それはすごい。いや、すごい」老人はひときわ声を大きくして破顔した。「今どき、町に住んでいながら自分の食べ物を直接手に入れるお方がおられるとは。いや、なかなか頼もしいお方だ」

ほめてくれているようだったので、良郎は「はあ、どうも」と頭を下げた。

そろそろ頃合いかなと思い、良郎が「ではこれで」と会釈すると、老人は待ち構えていたような感じで「あの、できればもう少し、見物させていただけませんか」と言った。

「はあ、別に構いませんけど」

「や、それはどうも、ありがとうございます」老人はうれしそうにうなずく。

「見てのとおり、暇な年寄りをやっとるもので」

その後、良郎は土手の歩道を歩きながら、野草を見つけるたびに下りて採った。老人は歩道からそれを、孫でも見ているような感じで笑ってうなずいている。

社会からリタイアして、よっぽど暇なんだろうな。良郎は、少し気の毒に感じたが、身なりからしてカネは持ってるんだろうと、うらやましく思いもした。

老人がときどき、良郎がどの辺に住んでいるのか、市内の出身なのかといったことを聞いてきたので、良郎は当たり障りのない範囲で答えておいた。失業した経緯についても知りたがってる様子だったので、市内に本社がある宅地開発会社に勤めていたがリストラに遭った、という言い方をしておいた。

野草についても聞かれたので知っている範囲でレクチャーした。良郎が、ドングリやタンポポも食べているということを知って老人はかなりびっくりしていたが、ドングリは米よりも長く日本人に食べられてきたということや、タンポポの調理法などを解説すると、今度はしきりに感心してうなっていた。そのときに老人が「あなたのようにたくましい人をクビにするなんて、その会社はどこを見てたのかと思いますよ」と言ってくれたときは、何だか腹の中が熱くなってくるのを感じた。他人からほめられたのが久しぶりだったせいかもしれない。

途中でもう一度、ノビルを見つけた。球状の白い茎が今度はやや小さかったが、四つあった。それも「どうぞ」と差し出すと、老人は「いやあ、いいんですか。あなたも要るでしょう」と言っていたが、顔をほころばせてあっさり受け取った。

結局、小一時間ほど老人は良郎のあとをついて来て、〈市民の森公園〉の裏手で別れた。互いに名前などは言わなかったが、老人は別れ際、「私はここら辺にはあまり来ることがないのですが、もっと上流側の河畔《かはん》公園の辺りならちょくちょく歩いてますから」と、また会いたそうな感じの、含みを持たせた言い方をした。良郎は、この老人と会ったときだけは、ノビルを食べることはあきらめた方がよさそうだなと思った。

この日の昼食のおかずは、フキの葉と葉柄の佃煮《つくだに》、数日かけてためたタンポポの根のきんぴら、目玉焼き、ミツバを入れたインスタント味噌汁になった。フキの佃煮は弱火で時間をかけたので、出来上がったのは午後二時前になってしまったが、なかなか柔らかく仕上がっていた。少し筋っぽい部分があったものの、噛めば噛むほど煮汁が染み出てきてご飯が進んだ。タンポポの根のきんぴらは、糸こんにゃくを混ぜたところ、歯ごたえにメリハリがついた。インスタント味噌汁も、ミツバを入れただけで強い香りを放ち、立派な汁物になった。

その日の夜、良郎が風呂から上がろうとしたときに、すりガラスのドアの向こうに康世の影があった。

「ねえ、ちょっと聞きたいんだけど」康世の声にはどこか棘《とげ》があった。

「えっ？　何」

素っ裸のまま外に出て話をするのも変だったので、良郎はもう一度、閉めたばかりのふたを取って浴槽に浸かり直した。康世の方はドアを少し開けたが、いちいちこちらを見ようとはしなかった。

「最近、日中に何やってんのよ」

冷や汗が出るのを感じながら「何って、それは職探し……」と口ごもったときに、知らないメロディが流れ、康世が携帯を取り出す気配があった。

「はい。あら、何？」と康世は電話をかけてきた相手に言った。「どうして？　何を話すって言うのよ」

とりあえずほっとしながら聞き耳を立てていると、康世がドアをさらに開けて、その携帯を突き出してきた。

「お父さんが、話をしたいって」康世はそう言い、「私が何かしようとしたときに限って、こうやって割って入るんだから」とつけ加えた。

「お義父《とう》さんか……」

急に胃がきりきりと痛み出したような気分になった。義父はかつて大手農機具メーカーで役員をしていた人物で、自身にも他人にも厳しいというやっかいな性格の持ち主である。良郎たちの結婚披露宴のときにも、会場となったホテルの従業員に対して大声で接客態度について説教していたし、一緒に電車に乗っていたときには足を投げ出して座っている若者に対して「君は他人の迷惑というものが判らんのか」と怒鳴りつけていた。良郎自身も義父からこれまでに何度も、「控えめな態度では上に行けないぞ」「他人を蹴落とす勇気を持たなきゃいかんよ。蹴落としてから手を差し伸べてやればいいんだ」などと説教されてきたので、康世の実家にはできるだけ近づかないようにしていたのである。

「早く」と康世に催促されて、仕方なく浴槽を出て携帯を受け取った。

良郎は「はい、良郎ですが」と出てから一度つばを飲み込んだ。

「おお、良郎君、入浴中だったそうだが、悪いね。またかけ直そうか」

「いえ、構いませんよ」

良郎は素っ裸のまま風呂椅子に腰を下ろした。

「君がリストラされたことを康世から聞いたのは、つい何日か前だよ。正確には、康世から直接聞いたんじゃなくて、うちのが康世から聞いたんだがね。君にもプライドみたいなものがあるだろうから、ずっと言えなかったんだろう。それは判るから、黙ってたことについて、どうこう言うつもりはない」

どうこう言うつもりはない、と言われたものの、一応「すみません」と謝った。

「だが、半年経ってもいまだに再就職してないというのはどういうことかね。君には家族を養う責任があるんだぞ」

「あ、はい。それはですね……いろいろと仕事は探しておりまして、ハローワークにも何度も行きましたし、求人誌を見て連絡を取ったりしてるんですが、この不景気ですから、なかなか厳しい状況がありまして……」

「良郎君、私は現役時代、経営者というものは社員の生活を守る責任があるという信念を持って仕事をした。儲《もう》からなくなった、赤字になったからといって、あっさりリストラをするような経営者はトップに立つ資格がないと思っている。経営状態が厳しくなる時期もあるということを見越して、多角経営をするとか、いざというときに取り崩せる資産を確保しておくとか、そういう対策を講じておくのも経営者の責務なんだ。だが、実際には経営者の器じゃない連中ばかりがのさばってる。誠に残念なことだよ」

「はあ……」

「しかし、だからといって、リストラした会社が悪い、こうなったのは自分のせいじゃないと言ってたって何も変わりはしない。そういうのを負け犬の遠吠《とおぼ》えというのだ。

君もそう思うだろ」

「あ、はい。そうですね」

「君がやるべきことは、再就職して、企業戦士として有能な人間だということを、行動で示すことだ。別に大きな会社に入れなくたっていいんだ。小さなところでも構わない。とにかく、がむしゃらに働いて、新しいアイデアを打ち出すなどして会社を牽《けん》引《いん》する存在になって、あの人をリストラしたのは大間違いだったと、王崎ホームの連中に後悔させてやるんだ。それが男というもんじゃないか」

「はい」

「とっくに引退した年寄りが何を言ってやがると思ってるかもしれんが――」

「あ、いえ、とんでもない。そんなことありません」

「そうかね？」

「ええ、激励をしていただいて、ありがたいと思っています」

「うむ……まあ、とにかく、そういうことだ。心配になったから、ちょっと励まそうと思って電話したんだが、久しぶりに話ができてよかったよ。とにかく頑張れ」

「はい、ありがとうございます」

では失礼します、おやすみなさい、と続けようとしたが、義父の言葉はまだ続いた。

「ところで、再就職先の見通しはまだなのかね。場合によっては、知り合いに頼んで、何とかしてやるという方法もあるんだが」

そんなことをしたら、ますます頭が上がらなくなる。

「えーと、実は……市内の食品会社に就職できそうでして、今、研修を受けてるところなんです」

苦し紛れの作り話だった。口にしてから、頭の中で小さなパニックが始まった。次に何を聞かれる？　どう答える？　ぼろを出さずにごまかせるのか？

「ほう、そうだったのかね」

義父の声のトーンが、急に柔らかくなった。

「ええ。今は給料がもらえないのですが、研修で結果を出せば正式に採用されることになってまして」

「ふーん、見込みとしてはどうなのかね」

「何とかいけるのでは、と思ってます。晴れて正式に採用されたら、ご報告するつもりだったのですが」

「そうか、そうか。では私がちょっとせっかちだったわけだ」

「あ、いえ……」

「そういうことなら、よかったじゃないか。でも、最後まで気を抜いちゃ駄目だぞ」

「はい」

「じゃあ、また結果を知らせてくれ。詳しいことはそのときに聞くよ」

では失礼します。おやすみなさい、と続けようとしたが、義父はその前に電話を切ってしまった。

康世はドアの外に立っていた。良郎が半開きのままのドアの間から携帯を返すと、

「何ていう食品会社なのよ」と聞いてきた。

「え?」

「だから、食品会社の名前」

「あ、えーと、〔いわくら〕っていうんだ。ひらがなで」

とっさに、開店休業中の弁当屋の名前を口にしてしまった。おそらく、最近野草を摘んで食べるようになったせいで、食品会社だとか、いわくらの名称だとかが連想ゲームみたいな感じで出てきてしまったのだろう。

「ふーん」

「主に、惣菜とか弁当を作ってる会社なんだけどね」

「聞いたことない名前ね。私がパートやってるスーパー、市内のその手の業者だったらたいがい出入りがあると思うんだけど」

「ああ、それは……スーパーとかじゃなくて、企業とかに直接配達したりするのが専門の会社だから。あと、病院とか」

「へえ、そうなの。どの辺にあるの、その会社」

「王崎ホームから北に少し進んだところ」

「大きい会社なの？」

「いや、それほどでもないんだけど……」

心の中で、もう勘弁してくれ、聞くな、と叫んだ。

「従業員、どれぐらいいるの？」

「ええと、確か……百もいなかったと思うんだけど」

「あら、百人もいたら結構な所帯じゃないの、惣菜や弁当を作る会社としては」

「あ、といっても、バイトとかパートも入れて、の話で。正社員は二十人ぐらい……」

「ふーん、そうなの。で、研修って、どういうことやってんのよ」

「あの……市内に自生する、食材として使える野草なんかについて調べて、レポートをまとめるっていうことをやっててね。地産地消《ちさんちしょう》っていうの？　そういうやつの一環で、食材の一部として地元に自生するものも取り入れていこうっていうことらしくて――」

と、そこまで言ったところで康世が「ああ、そういうことね」とひときわ大きな声になってうなずいた。「おかしいと思ったのよね。あなたのズボンの折り返しのところに、草きれや土が最近よく入ってるし、靴も汚れてるし、妙に顔が焼けてきたし。だから何をやってるのか、それを聞こうと思ってたのよ」

「ああ、そうだったのか……」

「採用してもらえそうなのね」

「多分……」

「いつごろ？」

「十月の後半、ぐらいの予定なんだけどね」

あーあ、言っちゃったよ。どうする気だ。

康世が「よかったじゃない、うまくいくといいわね」と言い残して行こうとしたので、良郎は「あ、ちょっと」と呼び止めた。「それでさ、研修の一環で、これからはしょっちゅう台所使うことになるから。自分で調理して食べて、そういうこともレポートにまとめなきゃいけなくてね」

康世は疑う様子もなく、あっさりと「あ、そう。いいわよ別に」と同意し、半開きのドアを閉めていなくなった。

えらいことになった。うそだと正直に言って謝るか。

いや、採用されなかったと言えばいい、後で。

そうするしかないか。

それにしても、何が従業員が百人もいなかったと思う、だ。いわくらは、じいさんとばあさんの二人でやってるちっぽけな弁当屋じゃないか。会社組織ですらない。仕事、探さなきゃな。貯金も減り続けているし。今の生活をできれば続けたいものだけれど、それではカネを稼げない……。

家計の心配をし始めたせいか、良郎は、良郎は急に寒気を感じ、派手なくしゃみが出た。鼻水が垂れて唇にひっついた。良郎は、裸のままだったことを思い出し、身震いしながら浴槽から湯をすくって、鼻と口を洗った。その途端、またくしゃみが出た。もう一度温まろうと思い、浴槽に浸かったが、何度もくしゃみが続いた。

9

翌朝、良郎は薄手のトレーナーに作業ズボン、スニーカーという格好で、デイパックを背負って家を出た。これからの数日は屋外での研修活動が続くから、と康世に説明することで、スーツからは解放されることになった。

身軽な格好で野草を採りに出かけることができるようになったのはいいが、足取りはかえって重くなった。来週辺り、採用されなかったと言わなければならない。康世はどんな顔をするだろうか。義父にはどう言えばいいのか。うそなんかつくもんじゃないとつくづく思う。いったんうそをつくと、それがばれないようにまた別のうそをこしらえなければならなくなり、そのうそがばれないように、さらなるうそが必要になる。やがて、つじつまの合わない部分が露見して、大うそつきだったということになる。

天気予報によると降水確率は四十パーセントだったが、空は薄く白い雲で覆われているだけで、雨が降りそうな気配はなかった。良郎は、加江瀬川の支流である小布施川沿いの遊歩道を歩きながら、土手の野草を探した。

ノビルやミツバが見つからず、仕方なくタンポポを抜いては川岸にしゃがんで土を洗い流し、新聞紙にくるんでデイパックに納めるという作業を繰り返しながら、上流に向かった。小布施川は幅が十メートルに満たない、流れが穏やかな川で、土手の下半分ぐらいは凹凸のあるコンクリートで固められており、傾斜が緩やかなので、上り下りするのに全く支障はない。川の透明度はそれほど高くないせいではっきりとは判らないが、せいぜい腰から胸ぐらいの深さだろう。

橋がかかっている少し手前で釣り人に遭遇した。黒いTシャツの上にチェック柄のカジュアルシャツ、下はチノパン、頭には黒いキャップをかぶっている。妙にがっちりした体格の男性で、年齢はよく判らない。三十代にも見えるし、四十以上だと言われたらそうかもしれない、という感じでもある。

男性は水際に立って、細長い竿を手にしていた。

釣りのことはよく判らないが、あまり近づくと邪魔だと言われるかもしれないと思い、良郎はいったん遊歩道に上がって男性の後ろを通り過ぎることにした。

上がりかけたとき、男性が持っていた竿《さお》を持ち上げた。ひょい、という感じの動かし方だった。

水面を割って、魚が現れた。元気に銀色の身体をくねらせながら、男性の方に飛んで来る。実際には、竿を立てたせいで、振り子の要領で男性の方に引き寄せられただけなのだが、釣り糸が見えにくいので、魚が空中を飛んで来るように見えてしまう。魚の大きさは、ときどき酒の肴にしている子持ちシシャモよりも少し大きいぐらいだった。

男性はポケットから小さなポリ袋らしきものを取り出して、手袋のような感じで左手にはめた。その左手で魚をキャッチし、すばやくハリを外したかと思うと、その場にかがみ込んで魚をそっと水の中に戻した。魚はすぐにいなくなったようだった。

釣った魚をその場で逃がすのを確か、キャッチアンドリリースと形容するはずだった。良郎もその程度の知識ならある。持ち帰って食べるためでなく、遊びとしての釣り、ということだ。

良郎は、はっとなり、半ば無意識のうちに男性に声をかけていた。

「あのー、さっきの魚、食べたりすることはできるんでしょうか」

男性が振り向いた。目が細くて、笑っているようにも、睨んでいるようにも見える顔だった。一瞬、うるせえ、などと言われるのではと感じて、身を固くした。

「ええ、食べられますよ」男性は案外のんびりした口調で言った。「私は食べたことありませんけど、年輩の人の中には塩焼きにしたり、佃煮とか南蛮《なんばん》漬《づ》け、唐揚げにしたりして食べてる人がいますからね。昔は、当たり前に食べてたそうですし、調理次第では旨いんでしょうね。この川は水質も悪くないって聞いてるし」

ただで手に入る食材がまだあった。しかも魚ならタンパク源として、メインのおかずになるではないか。どうして今までそんなことに気づかなかったのか。良郎は興奮を覚えながら、男性の方にさらに数歩近づいた。

「あの、ちなみにさっきお釣りになった魚は、何という……」

「オイカワですけど」

そんなことも知らないのか、という感じの表情で見返された。

魚のことも釣りのこともほとんど知らないので、良郎は「オイカワ……」とオウム返しに言った。知っている川魚を挙げよ、と言われても、コイ、フナ、メダカぐらいしか思いつかないので、オイカワという名前は初耳だった。

一瞬、珍しい魚なのかなと思ったが、男性は「雑魚《ざこ》の代表格みたいな魚ですよ。日本じゅう至るところにいるし、一年を通して釣れますからね」と言った。

「へえ。たくさん釣れるんですか」

「ちゃんとした仕掛けで釣れば、十や二十はすぐに釣れますね」

おお、それはすばらしい。

男性はポリ袋を裏返して左のポケットにしまい、今度は腰に装着しているベルトポーチから歯磨きみたいなチューブを出してふたを外し、ハリ先に赤色の何かをつけた。そして右手で竿を軽く振り、ウキやハリ先が川の中央辺りに投入された。ウキは小さくて丸くて黄色っぽい蛍光色で、等間隔に三つついていたが、着水すると一番下のウキは水中に沈んだようだった。

仕掛けが流されてゆくにつれて、川の中央から徐々に斜め方向に、こちらの岸側へと移動して来た。

そのとき、ウキがふっと不自然な動きをしたかと思うと、男性がまたもやひょいと竿を立てた。

銀色に光る魚体が水面を割って現れた。

男性がポリ袋をはめた左手で魚を捕まえたところで良郎は「あのー、すみません、その魚、ちょっと見せていただくわけには……」と頼んでみた。間近で観察してみたかった。

男性が「はあ、いいですよ」と言ってくれたので、良郎は川岸まで降りて男性の隣に並んだ。

男性が左手の中にある魚を見せてくれた。良郎は「わ、きれいな魚なんですねー」と率直な感想を漏らした。細身の魚体は全体が白銀色に光っているのだが、角度によってはその光の一部が薄緑色のようにも、淡い桜色のようにも見える。体長は、十二、三センチといったところだろうか。

「角度によっては、青緑やピンクに光るんですけど、判りますか」

男性からそう聞かれ、良郎は「ええ、判ります」とうなずいた。

「初夏の産卵期になると、オスはもっと色がはっきりしてきて、熱帯魚みたいな派手な色になるんですよ。婚姻色ってやつです」

「大きさとしては、だいたいこのぐらいなんでしょうか」

「そうですね。中には十五センチ以上のもいますけど、これが標準サイズですね。そろそろ逃がしてやってもいいですか。魚も苦しいと思いますんで」

「あ、そうですね、はい」

男性はオイカワの口からハリを外し、しゃがんで足もとに逃がした。オイカワはすぐに泳ぎ去った。

「こんなきれいな魚がこの辺を泳いでるとは、知りませんでした」

良郎がそう言うと、男性は軽くうなずいた。

「まあ、そういうものかもしれませんね。魚っていうのは上から見ると、黒っぽくて細長い影しか見えませんからね。天敵の鳥などから見つかりにくいように、そうなってるんですよ」

男性がポリ袋を裏返して左ポケットにしまい、ベルトポーチからチューブを取り出した。

「それがえさなんですか?」

「ええ、チューブ入りの練りえさなんです。手軽で便利なんで、私はたいがいこれですよ」男性はそのふたを外して、ハリ先に赤いゲル状のえさをつけてから、それを良郎の方に差し出した。「割といい匂いがするんですよ」

おそるおそる鼻を近づけてみると、カステラやケーキができたてのまだ温かいときに放つような、甘い匂いがした。

「わっ、本当だ。こんなものを食べるんですか」

「オイカワとかフナみたいなコイ科の魚は、割と甘いものが好きなんですよ。ふかして潰したサツマイモなんかでもよく釣れますからね。このチューブえさも、卵、小麦粉、砂糖なんかが入ってるはずですよ」

「へえ……」

何だか長年にわたって世間から騙されていたような気分だった。魚釣りというと、ブラックバスなどをルアーで釣る他は、ミミズだとか虫の幼虫だとかいった気持ちの悪いものをハリに刺さないと駄目だと思い込んでいて、あまりやってみたいという気持ちにならなかった。ところが、こんなチューブ入りのえさで釣れるというではないか。

男性が再び仕掛けを投入した。今度はすぐにウキが沈んだ。男性が「よっ」と竿を立て、魚が飛んで来た。

今度は、さきほどよりもやや小さいオイカワだった。

「今度はメスだな。ほら、色彩があまりないでしょう」

「ああ、そうですね」

確かに、白銀色で美しい魚体ではあったけれど、さきほど見たものと違って、薄緑色や淡い桜色がなく、モノトーンという感じに近かった。

「この辺で釣れる魚というのは、他に何かあるんでしょうか」

「そうですねえ、この辺で釣れるのは、ほとんどオイカワかなあ。水草の中や川底には他の種類の魚もいろいろいますけど、この仕掛けで釣れる魚となると、ほとんどオイカワですね。下流側に一キロほど行くと、流れが緩い場所があるんですけど、知ってますか」

言いながら男性はオイカワを川に戻した。

「ええと、排水門がある辺り？」

「そうそう。その辺だと、もっといろんな生き物がいますよ。マブナ、ヘラブナ、コイ、モツゴ、タナゴ、ライギョ、ブラックバスにブルーギル、あとナマズにウナギ」

「えっ、ウナギもいるんですか」

「いますよ。ウナギ獲りのカゴ仕掛けを沈めてる人もいますからね。魚以外にも、ミドリガメ、クサガメ、スッポンなんかのカメ類もいます。あと、テナガエビにスジエビ。フナ釣りをしてるとたまに、カメやエビもかかるんですよ。去年の春なんか、こんなにでかい」男性は竿を持ったまま両手で洋式便座ぐらいの輪を作って見せた。「スッポンがかかっちゃって、往生しましたよ。ハリを外そうとしてやってるのに咬《か》みつこうとしてくるし」

「へえ」

「といっても、このチューブえさの仕掛けで釣れるのはマブナ、ヘラブナ、ブルーギルがメインですけどね。で、ごくたまにコイやカメ。あ、それと、ハリをうんと小さいやつにしたらタナゴも釣れます。あと、加江瀬川や小布施川につながってる農業用水路なんかも、釣りのポイントだらけですよ」

加江瀬市の海に面している南側は今も田畑が多く、加江瀬川や小布施川からいくつもの水路が枝分かれして、網の目のように広がっている。

「その、マブナというのも食べられるんでしょうか」

「えっ」男性はちょっと目をむいたような顔をしてから、噴き出しそうな笑顔になった。「食べることにえらくこだわりますね」

「はは、どうも」

良郎は苦笑して後頭部をかいた。

「マブナは昔から食べられてきてる魚ですし、実際に釣って食べている人たちもいるようですよ。詳しい調理法とかは知りませんけど」

おお、マブナも食べられるのか。良郎は、何だか鉱脈を発見したようで、妙な興奮を覚えた。

「食べられる魚ということなら」と男性は今度は上流側を指さした。「もう少しあっちに行くと、溜池《ためいけ》があるんですけど、そこはブルーギルが増えてて、たくさん釣れますよ。アメリカ原産の魚なんですけど、結構美味《おい》しいらしくて、向こうではフィッシュフライにして食べるそうですからね」

オイカワ、マブナ、ブルーギル。良郎は、それらの魚の名前を頭に刻んでおいた。家に帰ったらインターネット経由で情報をもっと集めてみよう。

男性が再びハリ先にえさをつけてから、なぜか竿を良郎の方に突き出した。

「何だったら、ちょっとやってみます?」

「えっ、いいんですか?」

「いいですよ。見てるよりもやった方が百倍面白いから」

「あ……それはどうも」

竿を受け取った。思ったよりも軽い。

「この竿は長さが三・六メートル、普通の清流竿ってやつです」

「案外軽いんですね」

「これは確か、重さが九十八グラムだったかな。もっと軽いのも売ってますがね」

「へえ。でも、やっぱり竿って、高級品なんでしょうね」

良郎は竿を軽く振ってみた。しなる感触が右手に伝わってくる。

「値段はピンキリですよ。これは値引き品の安物です。確か、千円もしなかったやつだから」

「えっ、そんなに安いんですか」

「上等のヘラブナ用の竿とかだったら、何万円もするのがありますけど、普通の清流竿というのは安いのがたくさん出回ってますよ」

へえ、そうだったのか……。値段の高い竿だったら気後れするところだったけれど、そういうことなら遠慮なくやらせてもらえばいいか。

良郎は、右手で竿を振り出した。赤いえさがついたハリが川の中に着水した。しかし、振り出し方が弱かったようで、ちょっと近過ぎる感じだった。

「もうちょっと遠くに投入した方がいいな。まあ、そういうのはじきに慣れますから」と男性が言った。「一応、そのまま様子を見ましょう。魚は、人影が近くにあるとなかなか食いつかないんですけど、下流側に流れて遠ざかったときにチャンスがありますから」

「魚が食いついたら、ウキが沈むんですか」

「明確に沈むこともありますし、横に動いたり小刻みに上下したりするときもあります。上のウキはほとんど変化しないで水中の方のウキだけが動くこともあります。何にしても、ウキをじっと見て、不自然な動きをしたと思ったら、軽く合わせればいいんです」

「えーと、合わせる、というと……」

「竿を立てるんです。あくまで軽く、ひょいとね。あんまり強くやると、魚がどこかに飛んで行っちゃうことがありますし、他の魚を驚かせて後が続かなくなりますから」

男性がそう言っている最中に、ウキが沈んだ。良郎は「えいっ」と竿を立てたが、魚はハリに食いついておらず、変わりに二十センチほどの水草が引っかかっていた。

「まあ、そういうこともあります」男性は笑い、ハリをつまんで水草を外して再びえさをつけてくれた。「さっきよりもうちょっと遠くに投げ込んでください」

「あ、はい」

良郎は竿を振り出した。今度はさっきよりも遠くに着水。川の中央部にまでは届かなかったが、その少し手前辺りだった。

ウキが流され始めたかと思ったら、突然沈んだ。男性が「ほらっ、合わせて」と言い、良郎はあわてて竿を立てた。

竿を通じて予想外に強い、ぶるぶるっとくる振動が右手に伝わってきた。魚が暴れている。さらに竿を立てると水面を割って魚の頭部が見えた。

さらに竿を立てて引き抜こうとした次の瞬間、それまで感じていた魚の手ごたえがふっと消えた。

「あーあ、残念」男性が苦笑している。「ラインがたるんだときにハリが外れちゃったんだな」

逃げられた。良郎はため息をついた。何をやっても駄目だな、ったく。

男性が釣り糸をつかみ、ハリをつまんで見せた。

「ほら、このハリには返しがついてないんで、ラインがたるむと外れやすいんですよ」

　ラインというのが釣り糸のことだというのは察しがついたが、返しというのがよく判らなかった。

「あの、返しっていうのは……」

「ああ……釣りバリが刺さったときに、簡単に抜けないように、逆方向にも小さなとんがりがついてるの、知りませんか」

「ああ、そういえばそんなのがありますよね」

「返しがあると簡単には外れないんですけど、逆に言うと、外すときにちょっと手間がかかるんです。魚もダメージを受けますしね。それに、慣れたら返しがなくてもばらすことはなくなりますから」

　ばらす、というのは、魚に逃げられる、という意味のようだった。

　もう一度、えさをつけてもらってチャレンジした。今度もさきほどに近い場所に投入。二メートルほど流されたところでウキが小刻みに上下し、さらに水の流れよりも遅くなったようだった。

「食ってますよ」と男性から言われて竿を立てた。手にいい感触が伝わる。釣りが好きな人たちの気持ちが判るような気がした。この手ごたえはちょっとした快感だ。

　さらに竿を立てると、魚が水面を割って現れた。身体をくねらせながら宙を飛んで来る。

男性が「ラインをつかんで」と言うので、魚よりも二十センチほど上辺りの釣り糸を捕まえた。ウキがある場所と魚との中間辺りだった。

魚がなおも暴れている。そのせいで、実際よりも重く感じる。魚が身をくねらせるたびに、白銀色がきらめいた。

「おっ、いいサイズのオイカワですよ。十三センチぐらいあるかな」

良郎は手を持ち上げて、目の高さで魚体を眺めた。きれいで、食べても旨そうだ。そのとき突然、全身に電流が走ったような気分に囚《とら》われた。

そうだ、弁当屋というのはどうだろうか。

川魚の佃煮、甘露煮、南蛮漬け、天ぷら、フライ。ウナギを捕まえることができたら、蒲焼《かばや》きもできる。エビはかき揚げにすればいい。それに野草だ。おひたし、あえ物、天ぷら。ただで手に入る食材がこんなにあるではないか。どうして今まで、気づかなかったんだろう。

何かの導きがあったとしか思えなかった。

静かになってじっとしていた魚がまた急に暴れた。その拍子にハリから外れ、あっと口にする間もなく魚は落下した。コンクリート護岸の隙間に生えている雑草の上に落ちて跳ね返り、そのまま水の中へ。魚はすぐに泳ぎ去った。

「まあ、釣れたことにしましょうね、今のは」と男性が言った。「釣ったらすぐに手で捕まえた方がいいんですよ。さっきも言ったように、ハリに返しがついていないから」

良郎はそれに対する返事の代わりに、九十度以上に深く上体を折り曲げて、男性に頭を下げた。

「どうもありがとうございました。私は今から釣具屋に行って、自分の竿とか、道具を買うことにします」

10

良郎はいったん帰宅して、自転車に乗って釣具屋に向かった。最寄りの店は、自宅から二キロほど北の国道沿いにあるはずだった。

作業ズボンのポケットの中には、さきほど男性がくれた仕掛けが入っている。トイレットペーパーの芯《しん》をぺちゃんこに潰したものに切り込みを入れて、ハリ、おもり、ウキがついた釣り糸が巻きつけてある。男性はいつも、こういった予備の仕掛けを複数、ベルトポーチに入れている、とのことだった。これを店員に見せて、同じ道具を買えばいいから、と男性は言ってくれた。

男性は別れ際、あらためて頭を下げて礼を口にした良郎に、こうも言っていた。

「俺だって、釣りを始めた頃は、たまたま出会ったベテランの釣り人から、よく釣れる仕掛けとか、どの辺で何がよく釣れるかとか、いろいろ教えてもらったからね。釣り人ってのは、そうやって教え合うもんだから、気にしなくていいんだよ」

久しぶりに、人の温かさに触れた気分だった。釣りというのは、初対面の他人が知り合いになる、ちょっと不思議な力を持っているらしい。

自転車を漕ぎながら、名前ぐらい聞いておけばよかったなと気づいた。

その釣具店は、コンビニエンスストア三軒分ぐらいの広さがある大型店だった。しかし平日のせいか、客は少なく、閑散としていた。

まずは三・六メートルの清流竿を選んだ。男性が言っていたように、重さの表示を見て、百グラム以下のものを探したところ、ワゴンセールの特価品の中に九十八グラムのものがあった。振り出し式なので短く収納された状態のときは、五十センチ程度になる。値段も九百円台だった。

男性からもらった仕掛けを若い男性店員に見せて、同じものが欲しいと頼んだ。小型のスレバリ、真ん中に釣り糸を通す穴が空いているシモリウキ、仁丹《じんたん》と呼ばれている極小カミツブシおもり、一・五号のナイロン製釣り糸。その他、チューブ入りのえさを三本と、レンガ色の粘土のような外観をした寄せえさ一袋。寄せえさのことも、仕掛けをくれたときに男性が「最初に寄せえさをちぎって投げ込んでおくと魚が寄って来るから」と教えてくれた。買ってみると、全部で二千円ちょっとで済んだ。

その足で南に一キロほど戻ったところにある百円ショップに入った。ちょっとしたスーパーぐらいの売り場面積がある、品揃《しなぞろ》えが豊富な店である。ここで携帯用糸切りバサミ、煙草《タバコ》の箱よりも小さな密閉容器、先端が細長いプライヤー、手のひらがちょうど入る大きさのポリ袋（百枚入り）、それから小型のショルダーバッグを買った。ハサミは釣り糸を切るため、密閉容器は予備のハリやおもり、ウキなどを入れるため、プライヤーはハリが魚の口の奥にかかってしまったときに外すため、ポリ袋は、男性がやっていたように魚をつかむときのため、ショルダーバッグは釣りの道具を収納するためである。

そのまま自転車で小布施川に戻った。さきほどの男性の姿は既になかったが、釣りの要領はある程度飲み込めたし、マイ清流竿もあるから何とかなるだろう。さっそく竿を出して、キャップを外し、長く伸ばしてみた。

竿の尖端《せんたん》には、携帯ストラップに使われているような材質の短い紐《ひも》がついていた。最初、これをどうやって釣り糸に結びつければいいのか判らず戸惑ったが、竿が入っていた袋の裏にシールが貼ってあり、紐を一度結んでこぶを作ることや、釣り糸の結びつけ方などが図解入りで説明してあったので、問題はすぐに解決した。

男性がくれた仕掛けの、針先とウキとの距離は、約四十センチ。おそらく、この川では、水草に引っかかりにくく、魚も警戒しにくい深さなのだろう。

良郎はコンクリート護岸を下りて水際に立ち、ハリ先にえさつけた。小さなハリなので、ほとんどえさの中にハリが隠れてしまう。

一度深呼吸をして、水面を見つめ、どうかお願い、釣れてくださいと願掛けをしてから投入した。やや下流側に着水。

すぐにウキが沈んだ。良郎が「よっ」と竿を立てると、右手に小気味いい魚の手ごたえが伝わってきた。

釣りに夢中だったせいで、腹が減ったなと思って腕時計を見ると、午後二時を回っていた。良郎はひとまず竿を収納し、仕掛けをトイレットペーパーの芯に巻きつけて、帰り支度をした。

ポリ袋の中にはオイカワが九匹。今日の獲物である。

帰宅すると、家の中は誰もいなかった。良郎はまず、釣った魚を水洗いしてから、ダイニングにある整理棚から康世の調理本を引っぱり出して〔小アジの南蛮漬け〕のページを開き、これを参照しながら調理に取りかかった。数ある調理法の中から南蛮漬けを選んだのは、単に良郎自身の好みである。

まず、流し台の下から目の細かいスチールたわしを探し出して一つ失敬し、これでウロコを引いた。オイカワのようにウロコが細かい魚の場合は、包丁の背を使うよりもこちらの方がいい。期待したとおり、軽くこすっただけで効率よく取れた。

続いて腹に包丁を入れて、手でワタを引っぱり出して水で洗浄。自分で釣った魚だからか、ちょっと可哀想《かわいそう》な気もしたが、三匹目ぐらいでそんな気分も消え、単なる下ごしらえモードに入ることができた。

キッチンペーパーで水気を取り、天ぷら粉をまぶして、天ぷら鍋で揚げる。小アジの場合、二度揚げすると骨まで食べられるようになる、と調理本に書いてあったので、それに倣《なら》って二度揚げした。見た目はイワシの唐揚げ、という感じである。

全部を南蛮漬けにして食べるつもりだったが、油の香りにそそられて、一番小さいものに塩を振って、頭の部分をちぎり取ってから、かぶりついてみた。

「おおっ……」

さすが揚げたてである。表面はカリカリでさくっとくる歯ごたえ。身は柔らかくて、思ったよりも上品で、くせがない。これなら身をすり潰してかまぼこやはんぺんにしても大丈夫かもしれない。二度揚げしたせいで、小骨どころか中骨も柔らかくて、なかなかいい歯ごたえだった。

もしかしたら頭も食べられるかもと思い直してかじってみると、少し硬いだけで食べようと思えば問題なく食べられる。南蛮漬けにすればもっと柔らかくなりそうだった。

かじりながら冷蔵庫を開けて、発泡酒の缶を出した。飲まずにはいられない。気がつくと、発泡酒が空になるまでに、三匹食べてしまっていた。

ありゃりゃりゃ。あとは我慢して、南蛮漬けに取っておかないと。良郎は、まだまだある残りの食欲については、炊飯器に残っているご飯と、ふりかけや漬け物で我慢することにした。

食事を済ませた後、残った天ぷらを南蛮漬けにする作業に取りかかった。片手鍋に酢6、醬油《しょうゆ》3、砂糖1の割合で入れて煮立て、これを冷ましてタカの爪の輪切りを入れる——としたいところだったが、タカの爪を探しても見つからなかったので、仕方なく七味唐辛子を振った。これを密閉容器に流し入れ、揚げた魚を漬け込む。味が染み込むには一晩かかるので、食べるのは明日のお楽しみである。

もう一度釣りに出かけるつもりだったが、小雨が降り出したので予定を変更し、二階の寝室で、男性がくれた仕掛けと同じものを作ることにした。

まず、シモリウキの穴に釣り糸を通す。シモリウキは約十センチ間隔に三つ、爪楊《つまよう》枝《じ》の尖端を切り取ったものを穴に差し込んで固定する。ウキの位置は、釣り場の水深に応じて自由に変更することができる。

次に、釣り糸の先をハリに結びつける。最初、結び方が判らず手が止まってしまったが、ノートパソコンを使ってインターネット検索したところ、外かけ結びというやり方が図解入りで紹介されてあり、そのとおりにやってみると、さほど難しくはなかった。

ハリと、シモリウキとの間に極小ガン玉おもりを四つ、約五センチ間隔で打った。ガン玉はプライヤーを使って釣り糸を強くはさむことで固定される。

三十分ほどで、男性のと同じ仕掛けが三つできあがった。

その後は、〔オイカワ　釣り方〕〔オイカワ釣り〕といったキーワードで検索して、釣法について学習した。夕方まで、釣り人のブログなどを覗いて回った結果、男性が作ったこの仕掛けは実に理にかなっているものだと判った。

特にウキ。ウキはえさをつけたハリ先を一定の水深に保つと共に、魚が食いついたかどうかを教えてくれる重要なシグナルの役割を持っている。だから、ウキの浮力は強過ぎても弱過ぎてもいけない。浮力が強過ぎると、魚が食いついても反応しにくいし、弱過ぎたら今度は最初から沈んでしまってシグナルの役目を果たしてくれない。最もいいのは、ウキがかろうじて浮いている状態、つまり小さな魚がついただけでも反応するぐらいのぎりぎりの浮力に設定してあることである。そのために、おもりを使ってウキの浮力をゼロに近づけておくわけである。

三つのシモリウキを使うのは、浮力を分散させて、あたりを取りやすくするためだった。フナなどが食いついた場合は、ウキがちゃんと沈むのが普通だが、オイカワのようなすばしっこい魚だと、ウキをほとんど動かさないままえさだけを取って逃げてしまうことがある。しかし、そんなケースでも、複数のウキを使って浮力を分散させておけば、水中のウキが不自然な動きをして「反応あり」と知らせてくれるのである。

おもりの打ち方にも、あたりを取りやすくするための工夫がなされていた。普通、おもりはウキとの浮力調整のためにつけるものなので、ちょうどいい重さのものであれば一つでもいいわけである。しかし、小さなおもりを複数つけておくと、仕掛けを投入したときにすばやくまっすぐになり、ただちにあたりを取ることができる。また、おもりが分散されていた方が、魚がえさに食いついたときに「何か変だぞ」という違和感を覚えにくく、それだけばらしを防げるのである。

ハリに返しがないというのも、さまざまなメリットがあった。ハリに返しがないと確かに、一度ハリがかりした後もばれやすい。特にオイカワのように、釣り上げられたときに身体をよじって暴れるタイプの魚はそうだ。この点だけ考えると、返しのあるハリを使った方がいい、ということになる。しかし、返しがあるハリだと、魚の口から外すときに力ずくで抜かなければならないし、仮に魚がハリを口の奥深くまで飲んでしまったような場合は外すのにかなり苦労させられることになる。だから、キャッチアンドリリースをする場合だけでなく、食べるために釣っている場合こそ、次々と効率よく釣るために、返しのないハリを使った方がいい、ということになる。実際、数釣りをするなら返しのないハリで、ということをいくつものブログで釣り人たちが勧めていた。

その他、男性が魚をキャッチするときにポリ袋を手にはめていたのも、魚を直接触って手に匂いがつかないように、という理由だけではないようだった。魚にとって人間の手は火傷《やけど》しそうなぐらいに熱く、直接触ると弱りが早くなる。だから、食べるために釣る場合であっても、鮮度を保つためには、できるだけ魚を直接触らない方がいい、ということになるのだ。

念のため、小布施川の水質についてもインターネットを使って調べてみたら、小布施川だけでなく、本流にあたる加江瀬川も、それらとつながっている溜池や農業用水路なども、水質は良好だということが、加江瀬市の河川課が立ち上げているホームページに書かれてあった。このホームページ内にある市民からのQ&Aのコーナーで「加江瀬川や小布施川の魚やエビは食べても大丈夫ですか」という小学生からの質問に対して、「加江瀬川、小布施川、それらとつながっている水路や溜池はすべて、定期的な水質検査により基準をクリアしていることが確認されています。また、漁業権などもないので、誰でも自由に釣ったり獲ったりして食べても全く問題ありません。ただし、食べて美味しいかどうかは、料理の腕前次第ですね」との回答である。また、加江瀬市環境課のホームページでは、ブラックバスやブルーギルなどの外来魚は釣ったらリリースしないで持ち帰って食べることを勧めており、ムニエルやフライなどの調理法を紹介すると共に、加江瀬市内を流れる河川や水路などの水質が良好で全く問題ない、ということも強調していた。さらに、下水道課のホームページでも、下水道の普及により市内を流れる河川の水質がここ二十年の間に飛躍的に向上し、清流にしか棲《す》めないとされるタナゴ類や二枚貝も増えてきたということが自慢げに紹介されてあった。

翌朝、良郎が冷蔵庫を開けると、南蛮漬けを入れた密閉容器がなくなっていた。洗面所でドライヤーをかけていた康世に聞いてみると、「あれ、やっぱりお父さんのだったの」と、ドライヤーをかけながら鏡越しに言った。

「そうだけど……」

「真美が昨夜、食べちゃったのよね」

「えっ」

真美は予備校の帰りに友達とどこかで時間を潰して帰ることが多く、たいがい夕食は良郎たちよりも後で、一人で済ませている。最近は、缶入りの酎ハイなども飲んでいる様子である。

「別にいいでしょ、どうせ、買って来た惣菜の余りか何かなんでしょうから」

「全部、真美が食べたのか」

「そうよ。いけなかった？」

何よ、文句あるの、と言いたげな顔で見返された。

「いや、別にいいんだけど……全部食べたのか」

「だからそう言ってるでしょ。食べたかったんだったら、パート先の惣菜コーナーで買って来てあげるわよ」

「いや、いい、いいよ」

良郎が手を振って見せると、康世はドライヤーのスイッチを切った。

「何にやにやしてんのよ」

「いや、してないよ、別に」

そうか、全部食べたか。

「あっ、もしかして」康世が振り返った。「あれ、自分で作ったの？」

「ああ、実はね」

「うそぉ」

　康世が目をむいた。

「昨日さ、実は釣具を買って、川魚を釣ったもんでね。これも研修の一環でさ」

「えーっ」と康世はひときわ声を大きくした。「魚を自分で釣って、それを南蛮漬けにしたの？　お父さんが」

「な、何だよ……」

　康世が、ふーっ、とため息をついた。

「お父さんがそんな器用な真似ができたなんて……うそみたい」

　確かに、もともとはうそをついたことから始まっている。だが、うそも実行してしまえばうそではなくなる。

「俺だって、必死なんだよ。再就職できるかどうかがかかってるんだから」

　いつもなら、こんなうそをつけば声が裏返ってしまうところだが、大丈夫。良郎の頭の中では、再就職プロジェクトが膨らんでいた。

11

翌日から良郎は、竿などの道具を積んだ自転車を漕いで小布施川に日参し、オイカワを釣り続けた。さまざまな場所に竿を出して、釣れる場所、釣れない場所を日々学習したお陰で、一週間も経つと、二時間あれば二十四ぐらいは当たり前、という感じになった。魚の鮮度を保つために、二日目からは、あらかじめ保冷材を入れた発泡スチロールの箱を自転車に積んで、釣った魚をその中に入れるようにした。

調理法も、南蛮漬けの他、塩焼き、唐揚げ、甘露煮、味噌煮などを試みた。

塩焼きは、下ごしらえ（ウロコとワタを取って水洗い）の後、塩を振ってガスコンロのグリルで焼く。最初は強火で表面をぱりっと焼き、その後は弱火でじっくり熱を通すことで、旨味を中に閉じ込めるのがコツである。オイカワは意外と脂がのっており、焼いていると、じゅーっと脂がしたたる音が聞こえてくる。食べてみると、ときどき小骨が気になるものの、臭味《くさみ》などはなく、新鮮なイワシの塩焼きに似た味だった。レモン汁をかけたり潰した梅肉を塗ったりすると、さらに旨そうである。

唐揚げは、下ごしらえの後、唐揚げ粉をまぶして二度揚げする。大型のものは頭の部分や背骨が硬いこともあるが、二度揚げすればたいていは丸ごと食べることができる。

甘露煮は、少々手間暇がかかる。下ごしらえの後、まずは素焼きにし、バルコニーに新聞紙を敷いた上にこれを並べて、鳥などにつつかれないように園芸用の網で覆って一日風干しする。翌日、臭みを消すため番茶でさっと煮てから、昆布だしの中に浸け、醬油、酒、砂糖、きざみショウガを加えて落としぶたをし、弱火で煮詰める。仕上げにみりんを加えて照りをつける。小鉢に盛ると、高級な割烹《かっぽう》の一品、という感じである。甘辛い醬油とショウガの香りや、みりんの光沢もますます食欲をそそる。

食べてみると、頭も背骨も口の中でほろりと崩れ、こくのある甘味が広がった。口に入れて最初のうちは、だしや醬油、ショウガなど調味料の味が勝っていても、徐々に魚の身の旨味が湧き出てくる感じである。ときおり感じる苦味も、飽きさせないアクセントになっていた。

甘露煮には多目に作ったので、余りを密閉容器に入れて冷蔵庫にしまっておいたが、これも知らない間に真美か康世に食べられてしまった。

味噌煮は、下ごしらえの後、二つにぶつ切りにして熱湯をかけ、臭味を取る。鍋に湯を沸かして味噌汁ぐらいの濃さに味噌を溶き入れ、ぶつ切りを入れて弱火で煮込む。

汁が足りなくなったら水を足してさらに煮詰め、最後に味噌をさらに加える。きざんだあさつきをちらして出来上がり。どこかの田舎で出される自慢の料理、という感じで、素朴だが栄養価と旨味が詰まっていそうである。口に入れると、オイカワの身が味噌と共に溶けかけているような柔らかな舌触りで、互いの旨味がからみあって上手い具合に一体化していた。山椒《さんしょう》や唐辛子などの辛味を加えてもいいかもしれない。

十月の中旬を過ぎた辺りから良郎は、さらに行動範囲が広がり、小布施川の本流である加江瀬川や、下流域に広がる農業用水路、小布施川の上流にある溜池などにも足を延ばした。

農業用水路ではマブナ（ギンブナ）がよく釣れた。マブナはフナの仲間の中では最もポピュラーな種類で、オイカワ用の仕掛けをそのまま使えばよかった。マブナは底付近を狙うのが基本だが、秋のこの時期は越冬に備えて食欲旺盛《おうせい》な時期のようで、場所によっては中層や表層でもよく釣れた。ポイントとなるのは、水門付近や合流地点、杭《くい》などの障害物周りなど、何らかの変化があるところなのだが、寄せえさだんごを投げ入れてしばらくすると、特に変化のない場所でも次々と釣れた。引きはオイカワよりもはるかに重く、手に強い引きが伝わって、竿もより大きくしなるなど、釣りの醍《だい》醐《ご》味をより楽しむことができた。釣れたマブナの多くは二十センチ以下のものだったが、ときおり二十五センチ以上のものもかかった。特に三十センチを超える見事な体格のマブナが魚体を水面に現したときには心臓が高鳴り、全身の細胞が高揚するような感覚になる。思えば、人間のオスは長い歴史の中で、ハンターとしてずっと生きてきたのである。ハンターをやめたのはほんの二千数百年前のことで、その何十倍、何百倍もの時間、獲物を追ってきたのだ。釣りというものはその太古の記憶を呼び覚まし、狩猟《しゅりょう》本能をなぐさめてくれるから、熱心なファンがいるのではないかと思った。

二度ほど、マブナを釣っていたときに、ものすごく強い引きに遭遇した。竿があまりにも大きくしなり、片手では対処しきれないほどだった。一度目は釣り糸が切れて、二度目はハリがひん曲がって外れてしまい、取り逃がしてしまった。どうやらコイだったらしかった。コイは、あらいや鯉《こい》こく（味噌煮）などの料理で知られる高級食材なので、いずれチャレンジしてみたいと思うのだが、まずは調理しやすいサイズの魚から、ということにしておいた。大きな楽しみは後に取っておいた方がいい。

マブナは日によっては釣れ過ぎるぐらいだったが、あまりにたくさん持ち帰っても調理しきれないので、十四釣り上げたら終わりということにした。インターネットで調べてみると、食材としてのマブナは古い歴史があり、今でも地方によっては味噌煮や甘露煮、昆布巻きなどの方法で普通に食べられている、とのことだった。ただ、釣ったばかりのマブナは泥臭いことがあるため、数日間、きれいな水の中に生かしておいて、泥を吐かせた方がいいようだったので、ホームセンターでたらいを買い込んで水を張り、そこにマブナをしばらく入れておくことにした。フナが外に飛び出したり鳥に襲われたりしないよう、たらいの上には園芸用の網をかぶせた。その日のうちに康世がたらいに気づいて「何よ、あれ」と詰問してきたので、説明したところ、彼女は「私は食べないわよ、フナなんか。小学校のときに解剖したあの魚なんでしょ」と両腕で身体を抱えて身震いするような仕草を見せた。康世にとって、オイカワという魚はもともと馴染《なじ》みがないから、食べられると聞いても「ふーん」という感じだが、マブナについては同じようにはいかないらしかった。

たらいに三日間入れて泥を吐かせてから、マブナをさばいてみた。生きている状態で切り裂くのはちょっとかわいそうで抵抗があったため、いったんポリ袋にくるんで冷凍庫に入れ、数分経ってからまな板に載せた。マブナは仮死状態になったのか、幸い静かにしていてくれた。

マブナはオイカワと違ってウロコが硬くて大きいので、百円ショップで買ったウロコ取りを使った。頭も大きくて硬いため、えらの下から包丁を入れて頭を落とし、それから腹を切り開いてワタを取り除いた。

身は骨がついたまま筒切りにし、念のために熱湯に一度くぐらせて臭味を取って、甘露煮にした。味付けや煮る手順はオイカワの甘露煮と同じである。

出来上がった甘露煮は、オイカワを使ったときよりも身が白身魚っぽくて、甘味をより強く感じた。オイカワよりも魚体が大きい分、身の部分だけをたっぷりほおばることができるので、カレイやメバルなどの煮付けを食べるような感覚である。身に旨味がもともと詰まっているのだろう、口の中でゆっくり嚙んでいても、味がなくなってすかすかの身だけが残る、ということもなく、美味しさが最後まで続く感じだった。

続いて作ってみた味噌煮も、泥臭さなど全く感じることはなく、鯖《さば》の味噌煮よりも上品ではないかと思える味だった。

マブナはつみれにしても旨いと、あるブログで紹介していたので、そこに記載されてあった調理法にしたがって作ってみた。三枚におろして、皮を下にし、スプーンを使って身をこそぎ取る。これを包丁で叩いて細かくし、味噌を加えながらすり鉢でする。つなぎに小麦粉も加える。これをだんごにして、味噌汁や吸い物、おでんの具にしたり、塩ゆでしてショウガ醬油で食べたり、つみれ揚げにしたりする。見た目は、白身魚と青魚を混ぜてつくねにしたような色合い。吸い物に入れて食べてみると少し魚臭さを感じたが、味噌汁に入れて食べると全く問題はなかった。味噌汁では、つくねがさらにだしを濃厚にし、つくねの方も汁の味を吸い取って、どちらも味に奥行きが増しているように思えた。近いうちに、おでんの具、ショウガ醬油、つみれ揚げもやってみるとしよう。

スジエビもたくさん捕った。特に農業用水路や水門付近の水草が多く生えている場所を、百円ショップで買った網でこそぐようにすくうと、面白いように獲れた。テナガエビも、コンクリート護岸の隙間に網を入れるとしばしば捕まえることができた。インターネットを使って調べてみたところ、どちらも日本では古くから食材として扱われてきたものだった。特にテナガエビは、関東では今も釣って食べる対象として人気があるらしい。調理法は、粗塩をかけてもんで表面のぬめりを取ってから素焼き、素揚げ、唐揚げなどにすればよい。

いくつかの調理法を試してみたところ、スジエビはかき揚げ、テナガエビは素揚げや唐揚げが特に旨かった。どちらも殻が薄いせいかパリパリ感がちょうどよくて、衣のサクサク感とうまい具合に調和している。しかもテナガエビの味は絶品で、こんな細い身体にどれだけ旨味が詰まってるんだと不思議なぐらいだった。冷凍食品のエビフライなど足もとにも及ばない、高級な味だった。

十月下旬の土曜日、良郎は康世に「ちょっと試食してもらいたいから」と言って、〔研修〕の集大成として、三人分の夕食を作った。おかずのメニューは、オイカワの南蛮漬け、スジエビのかき揚げきざみタンポポ入り、テナガエビの唐揚げ、マブナの甘露煮、味噌を塗ったノビル、ミツバとマブナのつみれ入り味噌汁である。オイカワの南蛮漬けとマブナの甘露煮は、前日の昼間にたっぷり作り置きしておいたので、調理の手間はたいしてかからない。ついでにデザートとして、殻が裂けるまで弱火で煎ったドングリも用意した。ドングリは、スダジイ、マテバジイ、ツブラジイのミックスで、食べやすいように殻と渋皮をむいて小皿に盛った。ドングリは今でも釣りの合間に集めており、次々と水に浸してから新聞紙の上で乾燥させているので、保存用としてかなりの量がたまっている。基本的には良郎の酒のつまみ用のためだが、細かく刻んで揚げ物の衣に混ぜる、という方法も考えている。

良郎が食事の準備をしている間、康世は洗濯物を取り込んで別室でたたんでいた。真美は何時頃に帰るかと聞いてみたところ、どうせ遅くなるから先に食べればいいわよ、との返事だった。

できたぞー、と声をかけると、康世がダイニングに入って来た。そして、テーブルの上に並ぶ品々を見て、しばらく絶句していた。

「これ……全部、お父さんが作ったの?」

「まあね」

「しかも、魚を釣って、野草も採って来たって?」

「うん」

康世は大きくため息をついてから、信じられない、という感じで小さく頭を振った。

食べる前に、食材についてひととおり説明することを求められ、種類と、どうやって調達したかを話した。康世は、「私、フナは食べないからね」と、マブナの甘露煮が載った皿とつみれが入った味噌汁の椀を遠くに押しやった。

食べながら良郎は、マブナやコイなどの川魚料理を出す老舗《しにせ》の料理店は国内に今もたくさんあることや、回転寿司の白身魚はテラピアという外来種の淡水魚がよく使われているといったことを、先手を打って話した。そのお陰か、康世は他のおかずを食べているうちに、「ちょっとだけ食べてみようかな」と、マブナの甘露煮やつみれ入り味噌汁にも手を伸ばし、気がつくと小鉢も椀も空になっていた。良郎が「旨いだろう」と言うと、康世は素直に「そうね、悪くはないわね」とうなずいていた。

真美が帰宅したのは、二時間ほど後だった。良郎は二階の寝室で釣りの仕掛け作りをしていたが、「ただいま」「おかえり」という康世とのやり取りが聞こえたので、床に耳をつけて様子を窺ってみた。直接真美に夕食を勧めると、「いらない」と言われそうな気がしたので、下には行かないことにした。

しばらくは静かだった。康世が何度か話しかけて、それに対して真美が短い返事をしていることは判るのだが、テレビがつけられたせいで会話の内容までは判らなかった。

真美は食べなかったのだろうか。それとも、食べたけれど口には合わなかったのか。

少しがっかりしたが、まあ康世があれだけ驚いたのだし、旨さを認めてもくれたのだから、まあいいかと思い直した。

真美の「えーっ、まじぃ?」という大声が聞こえたのは、良郎が風呂に入るつもりで階段を下りようとしたときだった。その場でしばらく息を詰めていると、もう一度「うそーっ」と真美が叫んだ。

入浴後、ダイニングから出て来た真美に遭遇したが、真美は視線を合わせないで、どこかあわてたような感じで良郎の横をすり抜けて階段を上がって行った。

良郎がダイニングのテーブルで発泡酒を飲みながらノートパソコンを立ち上げ、弁当屋関係の情報を拾い始めたときに、流し台で洗い物をしていた康世がその手を止めて、さきほどのことを教えてくれた。

お父さんが作ったと言ったら箸をつけないかもしれないから、最初は黙ってたのよ。でも、私が作る夕食とはやっぱり違うじゃない。だから、これはスーパーの惣菜かって聞かれたのよ。それにしては美味しいって言ってたわよ。そこで、実はお父さんが作ったんだって教えたら、ものすごくびっくりしてねー。おまけに、魚もお父さんが釣ったものだし、野草もお父さんが採って来たって教えたら、もう、気を失いそうなほど固まっちゃって、しばらくの間、金縛りに遭ったみたいだったわよ。普段、冷めた感じの態度ばっかりのあの子があんな顔したもんだから、私、噴き出しちゃって……。

康世がこんなふうに笑うのは、思えば久しぶりだった。

日曜日は気温が急に下がったようで、肌寒かった。良郎はポロシャツの上にジャケットをはおり、康世には「ちょっと図書館に行って来る」と言い置いて、自転車で出かけた。

図書館には向かわず、JR加江瀬駅の前を通り過ぎて左折し、国道沿いにまっすぐ北へと進んだ。

弁当屋〔いわくら〕は、この日もシャッターが下りていた。店舗の上に〔お弁当お総菜　いわくら〕というテント地のひさしはあるのだが、雰囲気からしてあの後もずっと閉めたままのようである。

右横にあるアルミサッシのドアのそばにチャイムのボタンらしきものがあったので押してみると、くぐもった感じでピンポン、という音がした。

三回鳴らしてようやくドアが開き、小柄なおばあさんが姿を現した。良郎をいぶかしげに見ながら補聴器をいったん外してつまみをいじり、つけ直してから「店はやってないんですがね」と言った。良郎の顔は覚えていないようだった。

「大将はおられますか」

「あっちの裏通りにある」と、おばあさんは良郎の左背後を指さした。「ゲートボール場にいますけど」

「ゲートボールをやってるんですか」

「いや、じいさんはゲートボールはやらん」

おばあさんは頭を振った。事情がよく飲み込めなかったが、居場所は判ったので「ありがとうございました」と頭を下げて、そちらに向かった。自転車は店の前に停めておいた。

テニスコート二面分ぐらいの広さがあるゲートボール場だった。町内会だか老人クラブだかの土地らしく、胸ぐらいの高さがある金網の柵《さく》に、〔部外者は使用禁止〕とマジックペンで手書きされたベニヤ板がくくりつけられてあった。ちょうどゲートボールのゲームが終わったところらしく、十数人の年輩の男女が、道具をバッグに入れて背負ったり自転車の荷台にくくりつけたりしているところだった。大将もその中におり、以前見たときと同じく中学だか高校だかのジャージを着て、道具を片づけていた。

大将が他の仲間に「じゃあ、また」と手を振って外に出て来たところで「こんにちは」と声をかけると、彼は覚えていてくれたようで、「お？　王崎ホームの人じゃないですか」と言ったが、やや怪訝《けげん》そうな顔だった。

「ゲートボールをなさってたんですか」

「いや」大将は頭を振った。「グラウンドゴルフ」

ひざがかくっとなりそうになった。そういうことか。ルール上の違いなどは判らないが、別の競技だということぐらいは知っている。

「よくされてるんですか」

「他に道楽らしい道楽がないもんでね。最近は週に二回は集まって、やってるよ」大将はそう言ってから、で、何だ？　という表情で良郎を見た。

「あの、お店の方は、今も休業状態なんでしょうか」

「店？　ああ、実際のところ、たたんじまったようなもんだよ。調理場なんかも潰して、畳部屋にしたいところなんだが、それはそれでカネがかかるんで、今のところは放ってあるんだが。あんた、どっか、厨房《ちゅうぼう》の道具を買い取ってくれる業者、知らないかね」

「あの、そのことで実はお話ししたいと思いまして、来たんです」

「おっ、そうなの？　紹介してもらえるかね。まあどうせ、二束三文だろうけど」

「あ、いえ、そうではなくて、私を雇っていただきたいんです」

大将はぽかんと口を開けて良郎をまじまじと見返した。

「雇うって……どういうことだい」

「私、弁当屋の仕事をやりたいんです。雇っていただけませんでしょうか」

「あんた、何言ってんだよ」老人は失笑した。「立派な会社で働いてるってのに」

「王崎ホームはリストラされて、今は無職なんです」

大将は、何度かまばたきしてから、「ふーん」とうなずいた。「なら、話だけでも聞こうかな。あっちのベンチに行こうか」と、ゲートボール場内の隅にある、JR駅の払い下げみたいな、鉄パイプの骨組みとプラスチックの座席でできたベンチをあごでさした。

リストラされたことや再就職先が見つからないことだけでなく、野草や釣った魚を調理するようになったこと、自分で調達した食材を使った弁当を売りたいことなどを話した。その上で、あらためて「どうか雇ってください。お願いします」と頭を下げた。

「そう言われてもさ」大将は薄い白髪頭をかいた。「俺は、スーパーの安売り弁当とかに客を取られちまって、採算が取れないってことでやめたんだ。仮に、あんたが言ってるように仕入れにカネがかかんねえとしても、たいして儲かるとは思えんし、給料なんか払えるわけがねえじゃねえか」

「給料はいりません」良郎は片手を振った。「形だけ雇っていただければいいんです」

「何だって？」

「つまり、表向き、大将のところで雇ってもらってるってことにしていただいて、調理場と店の名前を使わせていただきたいんです。儲けは私が六、大将が四、ということでどうでしょうか」

「つまり何かい？　自分で弁当屋を始めようと思ったら、資金も必要だし時間もかかるんで、うちの従業員という形で弁当屋をやりたいと」

「はい、そのとおりです」

「しかし、あんたは今までやったことないんだろう、こういう商売」

「はい」

「甘い世界じゃねえぞ。食って旨くなきゃ、誰も買ってくれねえし、安くなきゃ、やっぱり買ってくれねえ。買ってもらっても、たいして儲からねえ。因果な商売なんだ」

「大変だということは覚悟しています。でも、やりたいんです。どうかお願いします」

　良郎は立ち上がって、深々と頭を下げた。

　大将が「うーん」とうなってから咳払いをした。良郎は頭を下げたまま返事を待った。

「まあ、厨房を貸すってだけなら、構わんのだが……曲がりなりにも〔いわくら〕の名前で販売するからには、それなりの味でないと困る。別にうちは老舗の料理屋でも何でもないが、それでも〔いわくら〕の看板を掲げて、それなりにやってきたんだ」

「はい、おっしゃるとおりです」

「あんたが言う、自分で調達した食材ってやらの味をちょっと見させてもらえるかい。その上で決めようじゃねえか」

顔を上げると、大将は厳しい表情で腕組みをしていた。つまらねえものを出したら遠慮しないで駄目だって言うからな、という感じの顔だった。良郎は「ありがとうございます」と、もう一度頭を下げた。

いったん帰宅して、タンポポ入りスジエビのかき揚げと、テナガエビの唐揚げを作り、作り置きしてあったオイカワの南蛮漬けやマブナの甘露煮などと共に、それぞれ密閉容器に入れた。それらを紙袋に入れて、もう一度〔いわくら〕を訪ねた。既に午後一時を回っていたが、空腹を感じる余裕はなかった。

アルミサッシのドアから中に入るよう大将から促され、シャッターが閉まったままの薄暗い調理場に通された。真ん中に大きな調理台があり、隅には大型冷蔵庫が置いてあった。冷蔵庫の電源は切られてあるようだった。

調理台の上に、食材ごとに分けた密閉容器を並べ、ふたを開けた。

大将は手に持った割り箸を、まずはフナの甘露煮に伸ばした。少しだけつまみ取って口に運び、「へえ」と言った。「これは、フナかい」

「はい」

「俺も子供の頃には、親父と一緒にフナを釣って、おふくろに味噌煮を作ってもらって食べたもんだが、高度成長とやらになって川も水路も汚れちまってね。工場の排水なんかが流れ込んで、背骨が曲がったフナや片足のないカエルなんかが見つかるようになって、その辺の川で獲ったもんなんか食ったら大変なことになるっていう時代になっちまってたんだが……最近は昔の川に近づいてきてるってことかねえ」

「そうですね。護岸工事なんかでコンクリートで固められてしまったりして、昔の川に戻ったとはとても言えませんけど、下水道などが整備されたりしたせいもあって、少なくとも水質はよくなってますからね」

「ふーん」大将はうなずいて、今度はスジエビのかき揚げをつまんでかじった。

「それはスジエビです」

「判ってるよ、んなことは」大将は顔を少ししかめた。「衣ん中に交じってる青のりみたいなのは何だい」

「タンポポの葉をきざんだものです」

「タンポポ？　食えるのか、そんなものが」

「はい。湯通ししたら苦味も取れますし。根っこはきんぴらになりますし、花も天ぷらになりますよ」

「塩を振ってあるな」

「はい。つゆをかけるとさくさくした食感がなくなりますんで、塩の方がいいかと」

「それでも揚げものは、時間が経つとべちゃっとなってくる。弁当に入れるときは、出荷直前じゃないとな」

「そうですね」

続いてテナガエビの唐揚げ。大将は頭からかぶりついて、「久しぶりだ、これを食うのは。昔は大好物だったんだ」と笑った。

オイカワの南蛮漬けを口にしたとき大将は、「小アジだろう、これは」と言った。

「いえ、オイカワです」

「って、フナ釣りやってたらときどきかかる、イワシみたいなやつかい」

「ええ。オイカワは、地方によっては案外食べられてる魚なんですよ」

「へえ……おっ、ノビルまであるじゃねえか」大将はさらに緩んだ表情になり、味噌を塗ったノビルに手を伸ばして一つを口に入れた。「この辛味がいいんだよな」

最後に残った密閉容器を見た大将は「これはクリかい？　それにしちゃあ、ちいせえが」と言ってから、「もしかしてドングリか」と聞いた。

「はい、三種類のドングリです。充分に煎ってから皮をむいたものです」

「リスじゃねえんだからよぉ」とつぶやきながら、大将はおそるおそる、大きめのマテバジイを口に入れ、ほっとしたようにうなずいた。

「へえ、甘さ控えめのクリって感じで悪くねえな」

「日本人は米よりも長い間、ドングリを食べてきてますから、結構口に合うんじゃないですか」

「へえ、そうなのかい。結構物知りだな、あんた」

大将はさらにドングリをつまんで食べてから、頭をかいた。

「しかし、食材を仕入れるんじゃなくて、自分で調達するなんて、よくそんなことを思いついたもんだよ。まあ、食ってみたところ、悪くはねえ。だが、野草だけじゃあ、葉っぱものが足りねえかもな。野菜類はいくらか仕入れも必要になるだろう」

「はい、判りました」

「おかずが同じものばっかりだとすぐに客からそっぽを向かれる。種類としては、もっと増やせるのかい？」

「工夫しなきゃならないなと思っています。揚げるにしても、天ぷら、唐揚げ、フライなどがありますし、魚の身をそのまま使うだけじゃなくて、つくねにして揚げるとか、煮るとか」

「そうだな。それと、値段はどうするか、販売方法をどうするか、注文を取れるかどうか、実際に商売を始める前に、いろいろ考えなきゃならねえこともある」

「そうですね」

「明日、俺の目の前で同じものを作ってみてくれるかい？　本当にあんたがこれを作ったってことが確認できたら、次の段階に進もうじゃねえか」

大将は穏やかに笑っていた。

「では、雇っていただけるということでしょうか」

「雇うつもりはねえが、店の名前と調理場を貸せってのなら貸してやるよ。ただし、俺はもうきついから、ほとんど手伝えねえぞ」

「ありがとうございます」

良郎は大きく上体を折って、これ以上は下がらないというところまで頭を下げた。

その上に大将の声が下りて来た。

「儲けは六四て言ったよな」

顔を上げると、大将は苦笑して片手を振った。

「それはちょっと不公平だ。こっちはほとんど働かないんだから、三割でいいよ」

「ありがとうございます」

良郎は、もう一度深く頭を下げた。

12

帰りに良郎はホームセンターに寄って、みかん箱大のクーラーボックスを買った。それを自転車に積んで帰宅すると、康世が狭い庭で洗濯物を取り込んでいるところだった。

「何とか採用してもらったよ。昼は弁当の販売、それ以外の時間は弁当作りってのが仕事だ。近いうちに出勤しろっていう連絡が来ることになってる」

そう声をかけると、康世は立ち上がって「ほんと？　よかったわね」と、安堵《あんど》の表情を見せた。

「まあ、心配かけたけど、頑張ってみるよ」

「そうね。何ていう会社だったっけ？」

「いわくら。ひらがなで」

「社長さんの名前なのかしら」

「ああ、そう」

「周辺の会社なんかにお弁当を配達するわけね」

「そうそう」

「で、給料って、どれぐらいもらえるのかしら」

どくんと心臓が跳ね上がった。

「ええと……実は、当分は歩合制だと言われたんだ」

「歩合制？　じゃあ、自分で販売先を開拓して、たくさん売ったらそれだけ給料も上がるってこと？」

「うん、まあ……」

「だったら営業の仕事を長年やってきた経験が生かせるじゃない」

「だといいんだけど、どうかなあ。業種が違うから……」

「大丈夫よ、大丈夫」

康世から思いのほか優しい言葉をかけられたのはありがたかったが、喉元《のどもと》に刃物をつきつけられたような気分でもあった。

翌日は早朝に起きてオイカワとマブナを十数匹釣り、スジエビとテナガエビを網ですくい、ミツバ、ノビル、タンポポを摘んだ。その他、家にストックしてあるドングリも用意し、クーラーボックスにそれらを入れて、〔いわくら〕へと出向いた。

大将の前で、昨日持って来たものと同じ料理を作った。調理場にあるまな板は自宅のものよりもはるかに大きくて使いやすく、包丁もよく切れた。コンロの火力も強く、思ったよりはかどった。しかし、大将からはときどき、「包丁の使い方がぎこちねえな」「ほら、煮立ったら火を弱める」などと注意された。幸い、一応の腕があるということは認めてくれたようではあった。

後片づけで洗い物を始めたところで大将が横に立ち、腕組みをしながら「他に食材はどんなのがあるんだい」と聞いてきた。

「ブルーギルという魚が天ぷらやフライにしたら美味しいらしいので、使ってみようと思っています。まだ釣ったことはないんですけど、小布施川につながってる溜池ではよく釣れるようなので、明日にでも行ってみようかと」

「白身魚なのかい？」

「そのようです。日本では、在来種を脅かす厄介者という扱いを受けてますけど、アメリカなどでは、フィッシュフライにして普通に食べてるそうです。ブラックバスという外来魚も、皮をはいで調理すれば美味しいらしいんですけど、ルアーフィッシングという特殊な釣り方か、ミミズなどの生きえさを使わないと釣れないみたいなんですよ。その点、ブルーギルだったらフナ釣りと同じ仕掛けでも釣れるらしいので」

「じゃあ、それも今度味見させてくんな」

「はい。それと、コイやナマズも食材としては高級品らしいので、もし釣れたら調理してみたいと思います。でも、一番考えてるのはやっぱりウナギですね。ウナギの蒲焼き」

「ウナギって……」大将は目を丸くして、組んでいた腕を解いた。「そこら辺で獲れるもんじゃないだろう」

「いえ、案外そこらへんの川や水路などにいるそうですよ。まだ獲ってないので偉そうなことは言えませんが、市内には、ウナギを捕らえる仕掛けを沈めてる人がいますし、夜にウナギ釣りを楽しんでる人もいます。ウナギは夜行性なんで、夜によく釣れるそうです」

「ウナギねえ……そりゃ、天然ウナギが手に入ったら、たいしたもんだが、そううまくいくもんかねえ」

大将は疑っているようだった。もちろん、良郎としても、実際に捕まえていないのでいまひとつぴんとはこない。あくまで、インターネットで集めた情報である。

「あと、ミツバなんかは卵焼きに入れると美味しいので、ときどき使えそうだなと思います」良郎は話題を変えた。「卵は安くて栄養価もあるので、使い勝手がありますしね。ゆで卵を甘露煮の汁に漬け込んで、味卵にするというのも手じゃないかと」

「ふーん、一応あんたなりにいろいろ考えてるんだな」

大将はうなずいて、良郎の肩をぽんぽんと叩いた。

翌朝、良郎は自転車に釣りの道具を積んで、小布施川のやや上流にある溜池に出かけた。正式名称は小布施川溜池といい、広さは観客席込みの陸上競技場ぐらい。岸の大部分は凹凸があるコンクリートブロックで固められており、傾斜が緩やかなので水際まで歩いて下りることができる。加江瀬市は十年ほど前に、この野池一帯を〔ため池公園〕と命名して土手の上に遊歩道を整備し、南側と北側にそれぞれ駐車場と児童公園を作ったため、休みの日などには散歩やウォーキングをする人たち、そして釣り竿を持って水辺にやって来る人たちが多い。

良郎は、南側の駐車場に自転車を停めて、後ろの荷台からクーラーボックスを、前のかごからショルダーバッグと釣り竿を下ろした。

この日は平日の午前中だからか、良郎が南側の水辺に立って見渡したところ、百メートルほど東側にもう一人、竿を振ってルアーを飛ばしている男性がいるだけだった。他の釣り人が少なければ、それだけ魚は釣りやすくなるはずだ。良郎はさっそく仕掛けを取り出して準備にかかった。

インターネットなどで仕入れた情報によると、この溜池はコイ、マブナ、ヘラブナ、ヌマムツ、ブラックバスなどもいるが、とりわけ多いのがブルーギルだという。しかもここ数年は、ブラックバスが減ってブルーギルがさらに増えているらしい。どうやら、ブラックバスは肉食魚なので、えさとなる他の魚やエビなどを食べ過ぎると結果的に自分たちの数を維持できなくなって減ってしまうが、雑食性のブルーギルは小魚やエビだけでなく生ゴミや植物、他の魚の卵なども食べるので、やがて数の上で優位に立つようになる、ということらしいのだが、良郎にとってそういう事情はどうでもいいことだった。ブルーギルがブラックバスよりも釣りやすくて、しかも旨いということが大事なのである。今日ここに来たのも、それを確かめるためだった。

少し水際を西に向かって歩くうちに、岸から二、三メートル先の上層に、それらしい魚影を見つけた。上から見るとフナのようにも見えるが、フナだったら人間の姿に気づくとすぐに逃げるのに、そこにいる数匹の魚たちは全くそんな気配がない。こちらから見えているということは、向こうからも見えているはずなのに、人間がなんぼのもんだ、どうせ水の中に入って来られないだろう、という感じのふてぶてしい態度である。

「お前らだな」

良郎はそうつぶやいてにやりと笑い、肩にかけていたクーラーボックスを足もとに下ろした。竿を伸ばして仕掛けを取りつけ、すぐに投入。ハリはマブナを釣るときに使うものよりもやや大きめのスレバリで、えさは釣具店で売っているイモ練り。サッマイモをふかして練ったものである。

えさは連中がいるところに落ちた。と思ったら、仕掛けが水になじんでまっすぐになるよりも早く、連中が突進して来た。そのうちの一匹がえさをくわえ込むのが見えた。

人間が見ている前でえさに食いつくとは、どれだけ貪欲《どんよく》な魚だ。

感心しながら竿を立てると、急に強い引きが竿から伝わって来た。同サイズのフナよりも確実に強い引きで、竿が大きくしなってきりきりと音をさせた。

しばらく力のやりとりをして岸に引き寄せて来たその魚は、確かにブログの写真などで見たブルーギルだった。釣り糸をつかんで引っ張り上げると、ずっしりと重く、体長は二十五センチぐらいありそうだった。タイのような体型に、名前の由来にもなっている、青いえらの縁。模様や色は個体によって違いがあるようで、良郎が釣り上げたものは、縞《しま》模様が不鮮明で、胸びれの下辺りがオレンジ色に染まっていた。外来魚だという先入観のせいか、こんなけばけばしい色の魚が本当に旨いのかという疑念はぬぐえない。

手でハリを外そうとしたが、口の奥深くまで飲み込まれていたので、先細のプライヤーをショルダーバッグから出した。ポリ袋をはめた左手でブルーギルをつかみ、プライヤーの先を口に突っ込んでハリを外そうとするが、ブルーギルが暴れようとするのでなかなか上手くいかない。それでも、ハリが返しのないスレバリだったお陰で、何とか外すことができた。ハリを飲むということは、食欲旺盛な証拠だろう。足もとのクーラーボックスにブルーギルを入れ、もう一度えさをつけた。クーラーボックスには保冷材が入っているので、ある程度は鮮度を保つことができる。イモ練りのえさを投入すると、またもや数匹のブルーギルたちが突進して来た。一匹が食いついたところですかさず竿を立てて合わせる。合わせが遅れると、さっきみたいにハリを飲まれてしまう。

またもや強い引きがやって来た。竿を立てて引き寄せ、釣り糸をつかんで持ち上げると、今度の個体はイシダイのような縞模様がくっきりと出ており、さきほどのものよりは食欲が湧く感じだった。

「ギルを釣るときはウキなんか要りませんよ」という声がしたので左手を見ると、記憶にある体格のいい男性がこちらに近づいて来ていた。良郎にオイカワ釣りを教えてくれた人だった。手にはリール竿があり、その竿先からルアーと思われるものがぶら下がっている。さきほど、東側にいた人物がこの男性だったということに良郎はようやく気づいた。

「ああ、これはどうも」

良郎が会釈すると、男性は数メートル手前で立ち止まり、「また会いましたね。今日はギル釣りですか」と聞いてきた。

「ええ、いろいろ教えていただいた後、しばらくはオイカワを釣ってたんですけど、マブナなんかも釣るようになりまして、今日は初めてブルーギル釣りに挑戦したところです。確かに、ウキは要らないみたいですね。ウキが機能する前に食ってきちゃいますから」

「むしろウキがない方がよく釣れるんですよ、ギルの場合は。何しろ、止まってるものよりも、動いてるものを追いかけて食いつくのが好きな奴らですから。ウキをつけてるということは、えさで釣ってるんですか」

「ええ、イモ練りです」

「ああ、なるほどね」男性は笑ってうなずき、ベルトポーチの中から小さな密閉容器を出してふたを開け、毛バリのようなものをつまんで見せた。「これ、一つあげますから使ってみてください」

「いいんですか」

「どうぞどうぞ。ン十円程度の代物《しろもの》ですから」

受け取ると、虫を模した毛バリに小さな銀色の金属部品をつないだものだった。

「フライっていう西洋式の毛バリにスイベルをつないだものなんですけど、これを使ったらえさなしでがんがん釣れますよ。ギルは銀色に光るものを追いかける習性がある上に、水面に落下した昆虫とかも好きですから」

「へえ。スイベルというのは、この銀色のやつですか」

「ヨリモドシとも言いますけど、釣り糸がよじれるのを防ぐための部品なんです。銀色に光ってるやつだとギルに効くんですよ。ものは試しでやってみてください。竿をちょんちょんと操作して、虫が水の中を泳いだり止まったりしてるように演出すれば、たまらず食いついてきますから。スイベルの輪っかに釣り糸を結びつけるだけでオッケーです」

「ありがとうございます。じゃあ、さっそく使ってみます」

良郎が二匹目のギルをクーラーボックスに入れて、仕掛けを交換し始めると、男性が「ギルを持って帰って、やっぱり食べるんですか」と聞いた。

「ええ。美味しいらしいので、ちょっと揚げ物にしてみようかと思って」

「オイカワも食べました？」

「はい、南蛮漬けや唐揚げにして食べてます。結構いけますよ」

「へえーっ」男性は驚いているようだった。「もしかして、マブナとかも？」

「はい。甘露煮や味噌煮で。あれも旨くて、酒が進むんですよ」

「すごいなあ」男性は信じられないという表情で小さく頭を振った。「私は釣って遊ぶのが専門なんで、そういうことをやってる人って、何だか新鮮ですよ」

「そうですか」

「そうですよ」

どうやらほめられているようだった。悪い気はしない。

毛バリ仕掛けの準備が完了したので、さっそく投入してみた。五メートルほど先に着水。ゆっくりと沈み始める。竿をちょんちょんと小刻みに動かすと、その毛バリ仕掛けが生き物のように水中を泳ぎ始めた。確かに虫が溺《おぼ》れそうになっているように見える。

たちまち数匹のギルたちが寄って来て、一匹がためらいなく食いついた。

竿を立てると、またもや強い引きが竿から腕に伝わってきた。えさを使わずに釣れると、達成感がより大きくなっていい気分である。

次々と釣った。ブルーギルは、仲間が釣られるのを目撃しても、毛バリ仕掛けを泳がせるとやっぱり食いついてくる。たいした食欲である。

全部で十四になったところで見渡すと、いつの間にか男性はいなくなっていた。そういえば、毛バリ仕掛けで三匹目をかけたときだったか、「その調子。じゃあ、また後で」というような言葉を聞いて、生返事をしたような気がする。

まあ、いいか。そのうちまた会うだろうから。良郎はクーラーボックスのふたを閉じて、竿を収納し始めた。そろそろ家に帰って、白身魚のフライ作りに取りかからなければ。

昼前に帰宅したので、康世がまだ家にいたが、良郎が台所に立ったときには別の部屋で友人と長電話にふけっていた。

ブルーギルは、背びれやえらが鋭いので、手を切らないように気をつけなければならない。さばき方は基本的にマブナと同じで、ウロコを取り、頭を落として腹に包丁を入れ、ワタを抜けばよい。あとは身を食べやすい大きさに切って、フライにするだけ。良郎は、インターネットから仕入れた情報の中から、コーンミール（トウモロコシ粉）を混ぜた天ぷらにチャレンジしてみた。天ぷら粉に同量のコーンミールを混ぜたものをまぶして揚げると、より表面がカリッと仕上がるというのである。

出来上がりは、ごく普通の白身魚の天ぷらだった。匂いをかいでも特徴のようなものは感じられない。

熱いうちに塩を振って食べてみた。コーンミールのお陰で外側は普通の天ぷらやフライよりもサクサク感があり、中の身は上質な旨味が詰まっていた。食感も、ぱさついた感じがなく、それどころか脂がのった身の歯ごたえは、タイやヒラメなどの高級白身魚と遜色《そんしょく》がなかった。味自体も上品で、肉類では決して得られない魚の旨味がたっぷり詰まっている。塩を振って食べる他、タルタルソースをつけてバーガーにしても旨そうだし、ムニエルなどにして洋食店で出せば、充分に通用するのではないか。寄生虫などの心配さえなければ、刺身でも食べてみたいぐらいである。今はやっかいものの外来魚だが、もし食糧難にでもなったら、奪い合いになるかもしれない。

長電話を終えてダイニングに入って来た康世に「白身魚の天ぷらを作ったんだけど、ちょっと食べてみて」と頼むと、白身魚という表現がよかったのか、不審がる様子もなく素手でつまんで食べた。

「あら、美味しいじゃないの。何ていう魚？」

「ええと……名前は忘れたけど、食用に使われてる外国の魚なんだ。弁当とか惣菜では割とよく使われてる種類だったはずなんだけどね」

「ふーん、そうなんだ」

また携帯の着メロが鳴り、康世は「はいはい」と応じながら部屋から出て行った。

良郎は、ほっと息をついた。康世もブルーギルという外来魚の名前ぐらいは知っているはずで、マブナと同様いいイメージは持っていないだろうから、詳細は教えないでおいた方がよさそうだった。

13

その日の午後、良郎は自転車で釣具店に行き、ウナギ用の釣りバリと大きめのガン玉おもりを購入し、小布施川や加江瀬川、農業用水路や溜池に、ウナギを獲るための仕掛けを沈めて回った。

ウナギは、東南アジアで産卵孵化《ふか》し、海流に乗って日本までやって来て川を遡上《そじょう》、数年を過ごして成長した後、また産卵のために海へと帰ると言われているが、生態についてはまだ知られていない部分が多い魚である。国内で養殖されてはいるが、それは輸入した稚魚《ちぎょ》を育てているだけで、産卵や孵化まで管理するところにまでは至っていない。

しかし、謎《なぞ》が多いにしても、ウナギが日本中の河川や湖沼《こしょう》、水路などに生息しており、えさとなるエビやカニ、小魚などがいる場所ならたいてい捕獲することができるということは確かなようだった。実際、〔ウナギ釣り〕〔ウナギ　仕掛け〕などのキーワードで検索しただけでも、多くのブログやサイトで釣り方や捕り方についての情報を得ることができた。

ウナギを捕らえる方法は大きく分けると、釣り、カゴ仕掛け、置きバリ仕掛けの三つに大別することができる。

釣りは、ウナギが活発に行動する夜に、アユやオイカワの切り身、エビ、ミミズなどをハリにかけて底に落とし、電光ウキなどを使ってあたりを取る方法である。くねくねとする独特の引きが面白く、また天然ウナギを一度食べたら養殖物は食べられないほど美味であるため、ウナギ専門に釣りをする人も多いという。

カゴ仕掛けは、ウナギがいったん入ったら簡単には出られない構造のカゴにえさを入れて沈めておき、後で仕掛けを回収して捕らえる方法で、今では安価なプラスチック製のものも釣具店などで売られている。

置きバリ仕掛けは、えさをつけたハリを沈めておくだけの、最もシンプルな方法である。釣り糸は、岸のどこかにくくりつけるとか、釘などに結んで地面に打ち込んでおけばよいし、道具もハリ、釣り糸、おもり、えさ、釘だけで足りる。手間だけでなく、費用がほとんどかからないところが大きな利点である。

良郎は、ウナギ釣りにも興味を覚えたものの、夜は休まないと寝不足になるので、当面は置きバリ仕掛けでウナギを狙ってみることにし、仕掛けを沈めて回った。もちろん、闇雲《やみくも》に場所を選んだのではない。流れが緩くて、テナガエビやスジエビなど、ウナギにとって捕らえやすいえさがいるところ、つまりこれまでにテナガエビやスジエビが捕れた場所を重点的に選んだのである。仕掛けを沈めるときは、近くに低木などがあればそれに釣り糸をくくりつけ、何もない場所では釘にくくりつけて水際の地面やコンクリート護岸の隙間などに差し込んだ。えさは基本的に生きたスジエビで、簡単には弱らないように、尻尾《しっぽ》に近いところにハリを通すようにした。ウナギ用のハリには返しがついているので、スジエビも抜けないし、ウナギ自体もかかれば簡単には外れない。

翌早朝は小雨が降っていたが、良郎はレインコートを着て自転車に乗った。荷台には保冷材入りのクーラーボックスを載せ、はやる気持ちを抑えながら、仕掛けを沈めた場所へと急いだ。

すべてを回収するのに一時間近くかかった。多くは何もかかっていなかったり、スジエビが食いちぎられて尻尾部分だけしか残っていなかったりしたが、加江瀬川や小布施川の流れが緩い淵《ふち》や一部の農業用水路で合計四か所、正真正銘のウナギがかかっていた。いずれもやや細身ではあったが、小さなもので約五十センチ、大きなのは七十センチ強あった。

引き上げたときはどれも元気で、さかんに身体をくねらせていた。素手でつかむのは無理だと判っていたので、ハリをかけたまま釣り糸をハサミで切り、短くなった釣り糸をつかんでクーラーボックスに入れた。ウナギは最初、クーラーボックスの中でさかんにうごめいていたが、保冷材のせいですぐに動きが鈍くなり、静かに仮死状態になってくれた。試しに、おとなしくなったウナギをつかんでみると、ぬるぬるしてはいたものの、暴れて逃げられることはなくなった。この状態を利用すると、さばくのも何とかなりそうである。一般に、ウナギをさばくのは難しいとされているが、インターネットで得た情報によると、低温で仮死状態にしておけばそうでもない、とのことである。

帰りがけ、クーラーボックスを肩にかける前に背伸びをしたときに良郎は、そういえば腰痛を感じなくなったのはいつ頃からだったろうかと思った。野草を採ったり魚を釣ったりしているうちに徐々に快復したようなのだが、気がついたら治っていた。以前よりもむしろ腰に負担をかけるようなことをしているはずなのに不思議だったが、腰の筋肉をしっかり使うようになったから鍛えられて治ったのかもしれないなと思い直した。それに腰痛は精神的なストレスが原因になりやすいというから、仕事のストレスがなくなったことが大いに関係しているのかもしれない。

小雨の中、良郎はいったん帰宅して前日に釣って冷蔵庫のチルドコーナーに入れておいたブルーギルの切り身を密閉容器に入れ、その他の材料と共に自転車に積んで〔いわくら〕に出向いた。

ウナギが獲れたことを報告すると、大将は「うそだろう」と疑いの目だったが、クーラーボックスの中を見せると、うめくように「へえ」と言った。

調理場でウナギをさばいた。良郎はもちろん初めてだったが、大将は若い頃に何度かさばいた経験があるとかで、左手で押さえるときに手ぬぐいかタオルを使えば滑り止めになる、ということを教えてくれた。

仮死状態のウナギをまな板に載せ、横向きに寝かせる。プロは千枚通しみたいな形状の〔目打ち〕を突き刺してウナギの頭を固定するのだが、良郎は、ハリが口にかかったままなのを利用して、釣り糸を調理台の横についているフックにくくりつけた。

頭のつけ根にまず切り込みを入れ、それから中骨の上に包丁を入れて、左手の親指と人差し指で包丁を導くように押さえながら、腹を切り開いてゆく。ぬるぬるしていてやりにくかったが、仮死状態のウナギは案外おとなしくしていてくれたので、何とかできた。開くには腹開《はらびら》きの他に背開きという方法もあるが、良郎は、魚をさばくときのいつもの習慣で腹開きを選んだ。

続いてワタを取った。このとき、胆のうという黒っぽい部分を潰さないように気をつける必要がある。これが潰れてしまうと、強い苦味が身に移ってしまうからだ。

　さらに、浮き出ている中骨をそぐようにして切ってゆき、身が開いた状態にする。それから頭を落とし、包丁の先を使って尻尾の方から背びれと腹びれを切り取る。あとは適当な大きさに切って、グリルで両面を焼き、蒲焼きのたれをつければよい。大将は、焼いている途中で一度たれをつけて、焼き上がった後でもう一度つけた方が香ばしく仕上がるぞ、と教えてくれた。

　ウナギを焼いている間に、ブルーギルの天ぷらも作った。衣には、持参したコーンミール入りの天ぷら粉を使った。

　大将は、まず試食したブルーギルの天ぷらに「おお、旨いな」と感心した様子だった。そして天然ウナギの蒲焼きを口にしたときは「あー」と、恍惚《こうこつ》の表情になった。実際、たまに食べる養殖物の脂ぎった感じがなく、ウナギの旨味が濃過ぎるぐらいで、これが本当のウナギの味なのかと思い知らされる。

「毎回、一切れでいいからこれが弁当に入ってたら」大将は爪楊枝で突き刺した一口サイズの蒲焼きを良郎の前で軽く上下させた。「絶対に固定客がつくぞ」

「でも、冬に入ったら獲れなくなると思います」

「獲れるときに獲っといて、たらいとか大型の水槽とかに入れときゃどうだ。いや、そんなまどろっこしいことはしなくていい。切り身にして冷凍しときゃいい。冷凍ったって、長期間放っとかなきゃ、それほど味は落ちないはずだ」

「ああ、そういう手があるか」確かにそうである。良郎は大きくうなずいた。「刺身で食べるわけじゃなくて蒲焼きですから、自然解凍させてから焼けば大丈夫ですよね」

冬までにそれなりの数を確保できれば、春まで持つかもしれない。ブルーギルも切り身を冷凍保存すれば、冬に釣れなくなっても食材として供給し続けることはできる。一方、マブナやオイカワは冬でも釣れるから大丈夫。

「よし」大将は手をぱんと叩いた。「じゃあ、その線でいこう」

大将は明らかに興奮していた。何日か前の大将とは別人のように若返ったようにさえ見えた。良郎は、自分もきっと、生き生きした表情なんだろうなと思った。

数日かけて、大将と一緒に弁当のローテーションや、食材を確保する方法を話し合い、おおよその方針が決まった。

主菜として、オイカワの南蛮漬け、ブルーギルの天ぷら、スジエビのかき揚げをローテーションさせる。ときにはテナガエビの唐揚げも使う。また、オイカワを唐揚げやフライにしたり、ブルーギルを南蛮漬けにするなどして、変化を持たせる。天ぷらのときはだし醤油の小袋、フライのときはタルタルソースか中濃ソースの小袋をつける。調味料の小袋は市内の業務用店で扱っている。

第二の主菜として、フナの甘露煮、フナの味噌煮、小魚とフキの佃煮、ミツバ入り卵焼き、二分の一に切った味卵などを入れる。それらに加えて、ウナギの蒲焼きも一切れ入れる。なお、ウナギが品薄のときはう巻き卵（蒲焼きが入った卵焼き）にするなど工夫する。なお、ウナギは秋のうちにできるだけ確保し、切り身にして冷凍保存する。ブルーギルも同様。

副菜として、ナズナ、ハコベ、ミツバ、タンポポなどを使っておひたし、天ぷら、佃煮、あえ物などを入れる。あえ物は、ゴマあえ、白あえ、酢味噌あえなどバリエーションを持たせる。その他、タンポポの花の天ぷら、タンポポの根とナズナの根のきんぴら、キクイモの煮物、ノビルの味噌あえや酢味噌あえなども入れる。もちろん、これらの野草は秋から冬にかけてのもの。春になれば春の野草がたっぷり採れる。

ごはんは基本的に白ご飯にごま塩を振りかけたものだが、ときに細かく切ったドングリをちらしたり、ギンナンを載せたりする。

価格は、最近の値下げ競争を考慮して一つ四百円に設定。ごはんは大将が炊き、おかずは良郎が責任を持って調達、調理するが、食中毒を防ぐために、調理場では大将が常に監視する。弁当の容器は大将が調達する。

弁当の販売は月曜日から金曜日までの平日を基本とするが、販売ルートの開拓次第で臨機応変に対応する。弁当の運搬は［いわくら］所有の三輪スクーターを使う。荷台が大きいので、弁当を段ボール箱に入れてゴムバンドで固定すれば、三十食分ぐらいは運ぶことができる。

表向き、良郎は〔いわくら〕の従業員ということにするが、利益の取り分は大将が三割、良郎が七割。売り上げから、米や一部の食材、弁当容器などの仕入れ分を差し引いた残りを利益とし、光熱費やスクーターの燃料代は大将の側が負担する。これは大将の方から提案してくれたことだった。

その他、大将から、食品衛生責任者の資格を取ることを勧められた。それがあると、弁当屋を一人で始めることもできるという。最初それを聞いたときは、カネと時間がかかるのは困るなと思ったが、受講料一万円で六時間の講習を受ければすんなり取れる、とのことだったので、開業前に受講しておくことにした。

十一月に入って最初の月曜日は、澄んだ青空が広がる好天だった。良郎は午前中、〔いわくら〕の調理場で弁当の見本を五個作り、それを風呂敷に包んで三輪スクーターの荷台に載せた。

良郎は白い調理服を着ていた。一昨日の土曜日に、大将から教えてもらった作業服の専門店で買ったものである。弁当を客に渡すときにこれを着ているだけで、中身がちゃんとしているというイメージ作りができるのではないかと考えてのことだった。

また営業用に、自宅のパソコンを使って「弁当のいわくら　配達致します」という、連絡先などを記したカードも作って、ポケットの中に十数枚、用意した。

最初に出向く場所として選んだのは、王崎ホームだった。

辞めた会社に営業をかける、というのは誰であれ精神的にきつい。「あいつ、こんなことやってるのか」「クビになった会社によく来られたもんだ」といった感じの視線にさらされることは間違いないし、良郎自身にもプライドのようなものはある。しかし、長年の営業仕事によって、そういうことへの抵抗感は一般の人に比べるとさほどでもない、というのも確かだった。過去には、怒鳴られて追い返された翌日にまた同じ相手を再訪してあきれられた、というぐらいのことは何度も経験したし、それがきっかけで気に入ってもらって契約できたことも少なからずある。王崎ホームで注文販売をさせてもらう、というのは、良郎にとってはいわば、乗り越えるべき壁、みたいなものだった。それに、今は弁当屋で頑張ってます、ということをかつての仲間たちに知ってもらうのは恥ずかしいことだとは思わないし、むしろたくましく生きているぞ、どうだ、という気持ちさえある。それに、注文販売をきっかけに互いのわだかまりが消えて、笑顔でみんなと会えるようになれれば、という思いもあった。

良郎は、王崎ホーム社屋の裏手にある駐輪場にスクーターを停め、ヘルメットを脱いで調理帽をかぶり、弁当を包んだ風呂敷を提げて一階エントランスに入った。

半年ぶりに社屋に入ると、にわかに緊張感を覚えた。良郎は、部外者になったという意識のせいだろうなと思った。

受付の方に向かうと、女性社員二人が立ち上がって会釈した。何となく記憶にある顔だったが、相手の方はおそらく覚えていないだろう。機械的な笑みを浮かべて一人が「おはようございます」と言った。

良郎も同じ言葉を返してから「弁当の注文販売をしている者ですが、本日は営業のために参りました。できれば総務の方にお会いしたいのですが」と頼んだ。

向かって左側の子が「アポイントメントはお取りになっておられますでしょうか」と聞いた。

「いえ……でも、畑田総務部長さんとは知り合いでして、お時間があれば、できればごあいさつをさせていただきたいと……」

受付の女性社員は良郎を品定めするように見てから、「失礼ですが、お名前をお聞かせいただいてもよろしゅうございますでしょうか」と聞いた。

「はい、芦溝良郎と申します。以前、この会社の社員でしたので、畑田総務部長さんも覚えてくださってるはずかと……」

受付の女性社員は、隣の同僚と一度顔を見合わせて小さくうなずいてから、内線電話を取った。「弁当業者の方が畑田総務部長にお会いしたいと言っておられますが。

王崎ホームの元社員で、芦溝様というお名前で、畑田部長とは知り合いだとおっしゃってます……はい」というやり取りの後、「畑田が間もなく参りますので、そちらでお待ちください」と、壁際に並んでいる木製の椅子を手で示した。

隅っこの椅子に座って待っていると、十分ほど経って畑田総務部長がエレベーターから出て来た。辺りをきょろきょろしてから良郎を見つけ、何だその格好は、といった感じで顔をしかめながら近づいて来る。畑田総務部長は相変わらずの赤ら顔だったが、以前抱いていた精力的なイメージと違い、何だか疲れているように思えた。

良郎が立ち上がって「お忙しいところ、申し訳ございません」と頭を下げると、畑田総務部長は「君、弁当屋になったのか」と、あきれたような口調で言った。

「はい。以前、王崎ホーム様でも注文を取っていただくことがあった、〔いわくら〕という店で働いております。それで、また社員の方からご注文を取っていただきたいと思いまして、本日は見本を持参して参った次第でございます」

良郎は〔いわくら〕のカードを差し出したが、畑田総務部長は受け取ろうとはせず、一つ置いた隣の椅子にどかっと腰を下ろした。

「弁当の注文を取って欲しいからと、部長の私を呼び出すとはな。私も低く見られたもんだ」畑田部長は皮肉な笑い方で舌打ちした。「君は私を馬鹿にしているのか」

「あ、いえ」良郎はあわてて腰を浮かせ、片手を振った。「決してそういうつもりでは。ただ、畑田総務部長さんとは野球大会などを通じてよくしていただいておりましたので、お口添えをいただければと思っただけでして……」

「うちは、既に出入りしている業者だけでも多過ぎるぐらいなんだ。新規に業者を入れる気はない。悪いが話はこれで終わりだ、帰ってくれないか」

畑田総務部長はそっけなくそう言い、立ち上がった。

「申し訳ございません、お気にさわったのでしたら、謝ります」良郎は二度、頭を深く下げた。「ただ、うちとしましては中身で勝負したいと考えておりまして、実際に食べていただけたら、社員の方々にも喜んでいただけるはずと――」

「業者はどこもそう言うんだよ」

「見本を持って来ておりますので、ご試食いただければありがたいのですが」

「いらんよ、そんなもの」畑田総務部長が声を大きくしたので、エントランス内に響いた。「だいたいなあ、君。王崎ホームを去った人間というのは、我々にとっちゃ、言い方は悪いが裏切り者なんだよ。ただの部外者よりたちが悪い存在なんだ。そういう者が、元社員だ、などと言って出入りされたら迷惑なんだよ。第一、社員が気を遣うだろう。全体の士気にもかかわってくるということが判らんのか」

「そんな……」

良郎は、一方的にリストラしておいて、それはないでしょうという言葉を何とか飲み込んだ。

「とにかく、うちの社屋に入ることは今後許さんからな。もし、勝手に入ったときは警備員を呼ぶぞ。そもそも、中身に自信があるんだったら、外で売ればいいんだ。本物なら評判になって、充分にやっていけるはずじゃないか」

良郎は返す言葉が見つからず、呆然《ぼうぜん》と立っていたが、畑田総務部長はそんなことにはお構いなしという感じで歩き出した。途中で一度立ち止まって振り返り、何か言葉を吐き捨てたようだった。

畑田総務部長がエレベーターに消えてから、「こっちは仕事でてんやわんやだというのに、暇人め」と言ったらしいことを理解した。

14

正午過ぎ、良郎はJR駅近くの児童公園のベンチで背を丸めていた。

あの後、王崎ホームと取り引きがあった五社に出向き、さらに飛び込みでも二社を回ってみたが、どこも全く相手にしてくれなかった。ほとんどが門前払いで、「これ以上出入り業者を増やす気はない」「間に合ってる」「うちは社員食堂があるから」などと言われて、試食さえもしてもらえずに追い返された。一社だけ、出入りさせるかどうか検討してみてもいい、と言ってくれたところがあったが、喜んだのも束《つか》の間で、売り上げの一割を寄越せという露骨なキックバックを要求され、さすがに気分が悪くなって引き上げた。もっと簡単に注文を取らせてもらえると思って意気揚々と出て来ただけに、見事にへこまされた。営業仕事でこういうことは慣れているとはいえ、やはりきつい。

何度めかのため息をついた。ときどき近くにハトがやって来るが、何ももらえないと判って飛び去った。そういえば、王崎ホームをリストラされた日も、ここで途方に暮れていたのだ。

こうなったら、路上で売るしかないな……。判ってはいるけれど、そういうやり方でどれだけ売れるものか。雨が降ったら大変だし、これからの季節、どんどん寒くなってくる。

とりあえず、一つ食うか。良郎はもう一度ため息をついて、風呂敷を解いた。

今日のおかずは、ブルーギルの天ぷら、フナの甘露煮、ウナギの蒲焼き一切れ、ナズナとハコベのゴマあえ。ナズナ（ペンペングサ）もハコベも田畑のあぜや空き地などに生えている越年草で、これから春にかけてが旬となる。特にナズナは青臭さが少なく甘味があって旨い。

弁当を食べているうちに、元気が出てきた。やっぱり旨いじゃないか。中身は悪くないのだ。天然ウナギまで入ってるのだ、たった四百円の弁当に。

「そうそう。最初からそんなに売れるわけがないんだ。少しずつ、認知されていって、売り上げが伸びていけばいいじゃないか」

良郎はそう声に出してうなずいた。もともと、カネ儲けがしたくて弁当屋をやろうと決めたわけでもないのだ。弁当が売れ残ったら、自分で食べればいい。持ち帰って夕食にしてもいい。大将と奥さんも食べてくれるだろう。儲けにはならなくても〔いわくら〕関係者の食事代が浮くわけだから、損失だったと考える必要はない。

よし、明日は路上で売ってみよう。でも、路上販売だったら、お茶をつけた方がいいな。

「あ、そうだ」

ディスカウントストアとか業務用店に行けば、賞味期限が迫った缶入りのお茶が、一缶三十円ぐらいで売られていたりするではないか。弁当とお茶のセットで四百五十円。お客さんが弁当だけでいいと言えば、四百円。

売るなら、この児童公園の周辺でいいか。公園内で販売したら管理者である市役所から何か言われるかもしれないけれど、一歩でも園外に出ていれば大丈夫。この辺りは歩道が割と広いし、街路樹の脇にスクーターを停めれば往来の邪魔にもならない。木陰を選べば、小雨ぐらいだったらしのげる。〔天然ウナギ入り弁当　お茶付き四百五十円〕という看板かプレートで、道行く人々にアピールすれば、何人かは足を止めてくれるんじゃないか。最初のうちはあまり売れなくても、中身がちゃんとしていれば徐々にリピーターが増えてくるはずだ。

またハトが近づいて来たので、ごはんを少し箸でつまんで投げてやると、数羽が先を競って食べた。それを見た別のハトたちも集まって来た。

「どうだ、うちの大将が炊いた飯だぞ。旨いだろう。しかし、最初に試食してくれたのがお前たちとはな」

良郎は笑いながら、さらにごはんを投げてやった。ハトがますます寄って来た。

余った四つの弁当を風呂敷に包み直して、良郎はスクーターで移動した。目的の雑居ビルに駐車場や駐輪場はなかったので、近くにあるコンビニエンスストアの駐車場にスクーターを停めさせてもらった。

栗原小奈美は、雑居ビル二階にある輸入雑貨店〔フェアメイド〕の店頭で他の女性スタッフ二人と一緒に商品の並べ替えをしているところだった。良郎を見て小奈美は「あら」と、少し戸惑った感じの笑顔を見せた。

「実は、今日から小さな弁当屋で働き始めたんだ。それで、この前、紅茶をごちそうになったお礼にと思って、試作品を持って来たんだけど……もしかして、もう昼ご飯は終わったところ？」

「えーっ、お弁当屋さん」やはり意外だったのだろう。小奈美はびっくりした表情になり、良郎の風呂敷包みに視線を移した。「いえ、実はこれから近所のコンビニに何か買いに行こうかって言ってたところなんですけど」

小奈美の言葉に、女性スタッフもうなずいた。

「じゃあ、よかったら食べてみてもらえないかな」

「いいんですか」

「もちろん。できたら後で感想を聞かせて欲しいんだ。今、スタッフさんは何人いるの？」

「私を入れて三人ですけど……」

「じゃあ、三つね」

良郎は風呂敷を解いて差し出した。小奈美たちはすぐには手を伸ばさなかったが、良郎が「遠慮しなくていいよ、どうぞどうぞ。その代わり宣伝してね」と勧めると、小奈美がまず「じゃあ、いただきます」と両手を合わせてから一番上の弁当を取り、他の女性二人も「ありがとうございまーす」と明るい笑顔で受け取ってくれた。

「一つ余っちゃったけど、誰かあげる人とかいないかな？」

良郎が聞くと、小奈美が「芦溝さんはもう食べたんですか」と言った。

「うん。さっきこれと同じものを。誰かいたら、ついでにあげて欲しいんだけど」

「あ……だったら、隣の歯医者さんにいる歯科衛生士さんにあげてもいいですか？うちでよく買い物してくれる人なので」

「うん、じゃあ頼むよ」

良郎は残る一つも小奈美に渡し、風呂敷をたたんだ。

良郎が「じゃあ」と行こうとすると、小奈美が「あ、よかったら、またお茶、いかがですか」と呼び止めた。

良郎は少し心が動いたが「いやいや」と片手を振った。「これから明日の仕込みをしなきゃならないんでね。年寄りの親方と二人だけでやってる小さな弁当屋なんで、仕込みも調理も販売もやらなくちゃいけなくて」

「大変そうですね」小奈美は良郎の顔を覗き込むように見てから、小さなえくぼを作って笑った。「でも、前にお会いしたときよりもずっと元気そう」

「確かに元気になったよ。いつの間にか腰痛も治ったし」

「へえ、そうなんですか。よかったですね」

言われて良郎ははっとなった。確かによかったではないか。腰痛も治ったし、精神状態もよくなった。商売はこれからいろいろ厳しいだろうけど、別にそれは憂鬱《ゆううつ》という感じではなく、どちらかというと、腕が鳴る、という気分なのだ。

もし王崎ホームに残っていたらどうなっていただろうか。腰痛がますますひどくなって地獄だったんじゃないか。人間関係にも疲れ切って、死にたい気分を抱えたまま、重苦しい日々を送っていたんじゃないか。

そう、よかったんだ、これで。良郎は「そうだね、よかったよ、ほんと」とうなずいた。小奈美の二つの瞳に、にたにたと笑う中年男が映っていた。


〔いわくら〕に戻って、注文販売は取れそうにないことを大将に報告した。大将は「このご時世だから、仮に出入りさせてくれる会社があったとしても、なかなか注文はしてくれないだろうよ」と言い、明日から缶入りのお茶付きで路上販売するという良郎の提案についても賛成してくれた。

スクーターを借りてディスカウント系の販売店を回ってみたところ、期待どおり緑茶やウーロン茶が一缶三十円程度で売られている店が数軒あった。多くは賞味期限まであと一か月から二か月の品だが、品質に問題はない。良郎はとりあえず、二十四缶入りの緑茶を二箱買って、〔いわくら〕に運び入れた。

その後良郎は、自宅に戻って自転車に釣具を積み、小布施川溜池へと向かった。今日はブルーギルを二十四以上釣って、〔いわくら〕で切り身にしておく予定だった。ついでに市内の数か所にウナギ狙いの置きバリ仕掛けを沈めて回り、途中でいくらか野草も採るつもりだった。

溜池に到着し、南側のコンクリート護岸を降りて、竿を伸ばした。

このところ気温が下がってきたせいで、バス釣りをする若者たちの姿もさっぱり見なくなった。おまけに、良郎の目当てであるブルーギルもあまり毛バリ仕掛けを食わなくなっている。つい先週ぐらいまでは、仕掛けを投入した音を聞きつけて、どんどん魚影が濃くなったものだが、ここ数日はなかなかヒットしない。インターネットを通じて調べてみると、ブラックバスやブルーギルはもともと温水性の魚で、水温が十七度よりも下がると急に動きが鈍くなり、えさもあまり獲らなくなる、とのことだった。

しかし、方法がなくなったわけではない。良郎は何種類かのえさを試した結果、オイカワ用寄せえさ団子とシラスを使えばまだまだ釣れるということを発見したため、当面はこの方法を続けるつもりだった。簡単にいうと、まずは寄せえさ団子を投入して匂いでブルーギルを集め、そこをハリに二、三匹ちょんがけしたシラスで釣る、という二段構えの釣りである。基本的には底付近を狙ったウキ釣りでよいが、食いが悪いときは、ときどき竿を操作してシラスを動かしてやるとよい。シラスは乾燥させたものではなく、釜揚げされただけの柔らかいものの方が食いがよい。

この日も、最初は毛バリ仕掛けを投入したがやっぱり駄目だったので、寄せえさ団子を投入した上でシラスのえさに切り替えたところ、ブルーギルが釣れ始めた。

三匹目をクーラーボックスに入れて、新たにシラスをハリに引っかけているときに、人の気配を感じたので振り返ると、土手の上の遊歩道に十代後半か二十歳ぐらいと思われる若者がマウンテンバイクにまたがって、こちらを見ていた。やせ形で色白、短めの茶髪、カジュアルシャツにぶかぶかのジーンズ。ちょっとおとなし目の子、という感じだったが、目つきがあまりよくなくて、危なそうな奴かも、という印象も受けた。

因縁をつけられる前に、良郎の方から笑顔を作って「こんにちは」と声をかけた。昔から、誰かから睨まれたら笑顔を作って身を守ろうとする癖がついている。

若者は、ちょっと照れくさそうな感じで小さく会釈を返してきたのでほっとした。

新たに仕掛けを投入すると、すぐにウキが沈み、いい型のブルーギルが釣れた。その後も立て続けに四匹。どうやら、寄せえさとシラスの匂いに引かれて集まって来たらしい。

クーラーボックスにブルーギルを入れるときに振り返ってみると、若者がまだ見ていた。さきほどと比べると、とげとげしい視線がなくなっているようだったので、良郎は「君も釣り、好きなの？」と聞いてみた。じっと見ているぐらいだから、バス釣り経験があるのかもしれないなと思ってのことだった。

「いえ、したことないです」

若者の声は小さかったが、かろうじて聞き取れた。

「あ、そうなの。結構面白いよ。魚がかかるとさ、竿がぐっとしなって、手に強い引きが伝わってきてさ、いいんだよな、これが」

若者は、どう返事していいのか判らないのか、曖昧にうなずくだけだった。

少し迷ったが、良郎は「よかったら、ちょっとやってみる？」と言ってみた。以前、体格のいい男性から竿を貸してもらったときのことを一瞬思い出して、あのときの何だかうれしいような、温かなものが腹にじんと湧いてきたような感覚がよみがえったからだった。

確率は半々以下だろうと思ったが、若者はマウンテンバイクから降りて、土手を下りて来た。表情は少し硬かったけれど、何かに期待しているような雰囲気もあった。

間近に来ると、案外背の高い子だった。しかしひょろっとしているせいで威圧感のようなものはない。

「今はね、ブルーギルを釣ってたところ。もっと水温が高かったら、ルアーとか毛バリ仕掛けでも釣れるんだけど、今日みたいな日は、シラスなんかの動物性のえさを使って釣った方がいいんだ」

シラスをつけたハリ先を見せてやると、若者は、へえ、という顔になった。

「で、こうやって竿を振って」と良郎は竿を振り出し、仕掛けを着水させた。「ウキが沈んだら竿をひょいと立てる。ちょっとやってみる?」

返事を待たないで竿を差し出すと、若者は黙って受け取った。

すぐにウキがつんつんと動いた後、沈んだ。良郎が「よし、来た」と言ったのと同時に若者が竿を立てた。釣り糸が水面を走り、竿がきりきりと音を立てながら曲がる。若者の横顔を見ると、興奮しているらしいことが判った。

「よし、そのまま竿を立てて、魚を引き寄せて」

助言どおりに若者が魚を寄せてきたので良郎が釣り糸をつかんで引き上げた。体長が二十三センチほどの、縞模様がはっきりしたブルーギルだった。

「ほら、これがブルーギル。よく引くだろ」

「はい」うなずく若者の顔は少し紅潮していた。「何ていうか、竿を通じて、魚が暴れるのが手に伝わってきますね」

「うん、そこがいいんだよね」

「何か、興奮しました」

「だろ」

良郎は左手にポリ袋をはめてブルーギルをハリから外した。シラスは食われてしまっていたので、新しいのをつけ直した。

クーラーボックスを開けてブルーギルを入れるときに、若者が「それ、持って帰って飼うんですか？」と聞いた。

「……あ、いやいや、弁当のおかずにするんだ」

「えっ」若者はぎょっとなったようだった。

「アメリカとかじゃあ、普通に食べてるんだよ、この魚は。天ぷらとかフライにしたら旨いんだ」

「へえ……」

「あと二、三匹、釣っていいよ」

良郎がそう言うと、若者はうれしそうな顔になって「あ、いいすか」と言った。

若者が竿を振り出すのを見ながら良郎は、やっぱり王崎ホームをリストラされたのは不運だったんじゃなくて幸運だったんだなと思った。リストラされなかったら、見知らぬ若者とこんなふうに友達になることなんて絶対になかったはずだから。

15

ブルーギルを二十数匹確保した後、農業用水路などに網を入れてスジエビを捕り、それをえさにしてウナギ用の置きバリ仕掛けを沈めて回った。途中でナズナ、ハコベ、ミツバも摘んだ。

自転車を漕いでの帰り道、良郎は何度もにやけていた。

さっきの若者は別れ際、ぎこちない態度ながらも「ありがとうございました。すごく面白かったです」と礼を言ってくれた。釣りにかなり興味を持った様子だったので、ついでに、どの辺でどんな魚が釣れるか、どういう仕掛けで釣れるかといったことも簡単に教えてやったところ、かなり熱心に聞いていた。

多分、あの子は明日にでも釣具店に行き、釣りの本やインターネットなどでいろいろ調べて、すぐに〔釣りデビュー〕を果たすだろう。きっとそうなるはずだ。他人の人生に大きな影響を与えたのかもしれないのだ。それって、すごいことではないか。

自宅まであと数百メートル程度の国道を走っていたときに、ポケットの中で携帯電話が振動した。目の前の信号機が黄色になったので良郎は停まり、自転車をまたいだ姿勢で携帯電話を取り出した。

「あの、〔フェアメイド〕の栗原です。突然電話かけてすみません。今よろしいでしょうか」

「別にいいけど、どうして番号を?」

「お弁当の外側についていた紙を見て、さっき〔いわくら〕に電話かけてみたんです。そしたら、こっちの携帯番号を教えられて」

「ああ、そういうことか」

弁当の容器をラップで包んであるのだが、容器とラップの間に〔いわくら〕の名前と住所、電話番号を印刷した紫色の小さな紙をはさんである。

「お弁当、美味しかったです。ありがとうございました」

そんなことを言うために携帯にかけてきたわけではないだろうから、少し身構えるような気持ちで「あ、いやいや」と応じた。

「それで、せっかくいいお弁当を食べさせていただきましたので、私たちがやってるブログの中で紹介させていただきたいと思って電話させていただいたんですよ。どうでしょうか。構いませんか?」

「ブログで紹介……」

「はい。お値段とか、どこで買えるかってことなんかを紹介しようと思って」

「あー、それはありがたいな。是非頼むよ」

「じゃあ、いくつか確認したいことがあるので、ちょっと教えてください」

「うん、判った」

　小奈美からの質問に答えながら良郎は、そうか、カネをかけないで弁当を宣伝する方法って、ちゃんとあるんだと気づかされた。


　その日の夜、自宅のノートパソコンで〔フェアメイド〕の名称でインターネット検索すると、すぐにブログにたどりつくことができた。

　ブログは〔フェアメイド〕が取り組んでいる活動を紹介したり、通販の申し込みを受け付けたりといったことがメインのようだったが、スタッフの日記のような感じで、日常のちょっとしたこと、季節の移ろいを感じた体験などが写真やイラスト入りで紹介されているコーナーもあった。二、三日に一度ぐらいの割合で更新されているそのコーナーの中で〔いわくら〕の弁当が紹介されていた。

　――今日、ちょっと素敵なお弁当に出会いました。五十ぐらいのおじさんが年輩のおじいさんと二人でやっている〔いわくら〕という店のお弁当です。白身魚の天ぷらと甘露煮、種類はよく判らないけれど、青々とした野菜のゴマあえ、それと、一切れだけだけれど、ウナギの蒲焼きも入っていて、缶入りの緑茶までついて四百五十円。炊き方にコツがあるのか、ご飯も美味しかったー。そこで〔いわくら〕の若い方のおじさんにいろいろ聞いてみたのですが、ウナギを始めお魚はすべておじさんが直接捕まえている天然物で、野草も自ら摘んだものだとのこと。ひえーっ、どうりで美味しいわけだ。天ぷらは出荷直前に揚げているとのことで、歯ごたえサクサク。今日、うちのスタッフは大満足のお昼でした。ちなみに〔いわくら〕さんは、平日のお昼に、〔フェアメイド〕近くの児童公園（地図で調べたら中央町公園っていうそうです）周辺で路上販売されることが多いそうです。それから、天然ウナギの蒲焼きは基本的に毎回入れるようにするつもりだ、とのことでした。よーし、また食べよーっと。

その文章に続いて、弁当の写真があり、ペンの書き込み文字によって説明されてあった。おかずに矢印がついていて、〔ころもがサクサクの白身魚〕〔天然ウナギの蒲焼き、一切れでもご飯いっぱい食べられる〕などと書き込みもされてある。

そのページ下にはコメント欄もあり、ブログにアクセスした人たちから早くもいくつかのコメントが寄せられていた。みんな常連のようで、〔私も食べてみたいな〕〔天然ウナギ入り！　今度、フェアメイドに寄った帰りに買います！〕〔きっとすご腕のおじさんたちなんだな〕などと好意的な言葉を寄せてくれていた。

その中で、最後にあったコメントに良郎は気持ちが吸い寄せられた。

〔路上販売のお弁当。何だかいいね、ひなたで売るってさ。天気がよかったら公園のベンチで食べようかな〕

突然、ひらめいた。

良郎はさっそく、〔フェアメイド〕宛《あて》にメールを送った。ブログで紹介してもらったことの礼を書いた上で、こうつけ加えた。


——寄せていただいたコメントからヒントを得まして、弁当に名前をつけることにしました。〔ひなた弁当〕です。


翌日の昼前、良郎は児童公園の北側の歩道で弁当を販売した。街路樹の木陰にスクーターを停めて、その荷台から弁当が入った段ボール箱を下ろして、箱の上に積み直し、街路樹に〔お弁当〕と白抜きされた赤い幟《のぼり》を横に立てかけた。この幟は、大将が業務用店から仕入れてくれたものである。

積まれた弁当の前には、〔ひなた弁当　お茶付き四百五十円〕と書いた木の看板を立てかけた。百円ショップで買った木製のまな板に、大将が今朝、黒いペンキで書いてくれたものである。大将は、若いときにペンキ屋さんで看板の文字を書く仕事をしていたことがあったとのことで、完成した看板は確かにプロの仕事らしい、バランスのいい書体だった。

この日用意した弁当は八個。大将と相談して、様子見ということで決めた。

空は雲が多かったが、太陽がたまに顔を出した。十一月上旬にしては温かい方だろう。

良郎は、道行く人たちに「お弁当いかがですか。缶入りのお茶付きで四百五十円ですよー」と笑顔で呼びかけた。オフィス街やJR駅の近くのため、昼食を取りに出て来たという感じのサラリーマンやOLの姿が多い。

最初に寄って来てくれたのは、学生風の若い男性だった。「えーと、フェアメイドのブログで紹介してたお弁当屋さんですか」と聞いてきたので、「あ、はい、そうです」と答えると、彼は「一つください」と人差し指を立てて控えめに笑い、買って行ってくれた。もしかしたら、昨夜見たコメントのどれかを書き込んでくれた人かもしれない。

その後しばらくは、何人かが良郎の顔や積まれてある弁当をちらっと見るが、誰も立ち止まることなく通り過ぎた。だが、良郎が途中で「天然ウナギ入りですよー」という言葉を加えたところ、五十代と思われる四角い顔の男性が立ち止まった。

「天然ウナギ？　本当に？」

「はい。一切れだけですけど、正真正銘の天然ウナギの蒲焼きが入ってます」

「当然、国産ってことだよね」

「もちろんです」

「どれ、ちょっと見せてよ」

男性は良郎が承諾するよりも早く手を伸ばして、一番上の弁当を手に取った。容器のふたは透明で、その上に〔ひなた弁当〕という名称や〔いわくら〕の店名、連絡先などをパソコンを使って印刷したラベル紙が載っており、全体をラップでくるんである。ラベル紙のせいで弁当の半分以上が隠れる形になるが、ウナギの蒲焼きはかろうじて見える位置にあった。

「天然ウナギだと証明できるのかね」男性は詰問口調で言いながら弁当を積み直した。「ウナギ業界は産地偽装ばっかりやってるじゃないか。中国産を国産だと偽《いつわ》ったり、製造年月日をごまかしたり。たとえ一切れでも四百五十円の弁当に天然ウナギが入ってるなんて、悪いが信じられん」

「証明、と言われましても……私が直接獲ったウナギなんです。ですから、食べてみて、舌で確かめていただくしかないと思いますが」

「おたくが直接獲った？　どうやって」

「置きバリ仕掛けです。エビをハリにつけて、沈めておくというやり方なんですけど」

「あー、そういう仕掛けがあることは聞いたことがあるな」男性の表情がいくらかやわらいだ。「どこで獲れるの、いったい」

「他人に真似をされると獲れなくなるので、詳しいことはちょっとご勘弁いただきたいのですが、獲れる場所があることは確かです」

「ふーん」男性はあごを片手でなでながら、値踏みするように良郎を見た。「私の実家は昔、旅館をやっていてね、私自身も天然ウナギと養殖ウナギを見分ける舌ぐらいは持っているつもりだ。本当に天然物なんだな」

「ええ……」

「よし、じゃあ一つもらおう」

男性は内ポケットから財布を抜いた。

弁当と緑茶の缶をポリ袋に入れて五百円玉を受け取り、お釣りを渡して「ありがとうございます」と頭を下げた。

「いつもここで売ってるの？」と男性から聞かれ、「ええ、今日からなんですが、当分の間はここで売ろうと思ってます」と答えると、男性がにたっと笑った。

「もし本当に天然物だったら、職場で宣伝しとくよ」

良郎は、立ち去る男性の背中にもう一度「ありがとうございまーす」と頭を下げた。最初は因縁をつけてきたのかと思ったが、案外いい人のようである。

続いて二個、続けて売れた。いずれも、さきほどの男性とのやり取りを、少し離れたところから見ていた若いOL風の女性たちで、近づいてから「どうしようか」「買ってみる？」「値段的には買ってもいいよね」などと小声で言い合い、最後はうなずき合って買ってくれた。受け取ったときにそのうちの一人がラベル紙を見て「ひなた弁当だって」と笑い、もう一人が、よしなさいよ、という感じで肘《ひじ》で軽く突《つ》いた。

その後しばらく途絶えたが、何となく見覚えがある色黒の若い女性が良郎の前に立ち止まって「二つください」と言った。

誰だったっけと思っていると、女性が「フェアメイドの者です」と笑った。

「ああ……これは失礼しました」

昨日、弁当をあげた一人だった。

「昨日、いただいて美味しかったですよ。今日は栗原さん、用事があって出かけてるんですけど、隣の歯科医院で働いてる人の分と私の分、二ついただきに来ました」

「それはどうも、ごひいきにしていただきましてありがとうございます」

弁当とお茶を二つのポリ袋に分けて渡すときに、彼女は「頑張ってくださいね」と言ってくれた。

気がつくと残りはもう二個だった。腕時計を見ると、十二時四十分過ぎ。このまま売れなかったら大将と自分で食べればいいやと思っていると、スーツを着た同年代の男性が良郎の前で立ち止まった。

「芦溝だろ？」

驚いた顔で指さされ、良郎は相手を見返した。少し歪《ゆが》んだ口もとや、細い目を見て、思い出した。

「あっ、堀江《ほりえ》か」

大学時代に同じゼミにいた堀江孝彦《たかひこ》だった。会うのはおそらく二十数年ぶりである。

「何だよ、すぐに思い出さなかったみたいだな」

堀江は苦笑いをして、げんこつで殴る仕草をした。

「すまん、すまん。あの頃はお前、メガネをかけてたし、茶髪を伸ばしてたから」

「あー、そういやそうだったかな」

その後、少し間ができた。堀江は何を聞くべきか、少し迷っているようだった。

「王崎ホームってとこでずっと働いてたんだけど」と良郎の方から説明した。「今年の春にリストラされちゃってね。今は小さな弁当屋で働いてるんだ」

「へえ、そうなのか。そりゃ大変だな」堀江はどこか作ったような笑い方をしながら目を泳がせた。「どれ、一個余ってるんだったら、買わせてもらおうか」

「そりゃすまないね」

「いや、いいさ。そうだな」堀江は辺りを見回して公園の方に視線を向け、「じゃあ、あそこで食べるとするかな。お前は昼飯、食ったのか？」

「いや、これから」

「じゃあ、一緒に食おうや。俺がその分も出すからさ」

「いや、それはいいよ。もともと一個は自分で食べるつもりだったから」

二人で公園内のベンチに移動し、弁当を食べた。コンクリートの屋根やテーブルもあるベンチなので食べるにはちょうどいい。

「しかし、リストラとは災難だったな」堀江が食べながら言った。「会社からはしっかり退職金とかそれなりの手当とか、ぶんどったのか」

「まあ、そこそこは」

「お前、前から押しが弱いっていうか、言いたいことを言えないタイプだったからな。会社が、そういうところにつけこんできたんじゃないか」

「そうかもね」

うなずきながら良郎は、そういえばこの男はずけずけとものを言うタイプだったなと思い出した。成績も優秀で、ゼミのときにも理詰めで他のゼミ生をやりこめることが多く、棘《とげ》のあるものの言い方をすることもあったので、実のところ嫌われ者だった。

良郎も、ゼミの飲み会ぐらいしかつき合いはしなかったし、その後連絡を取り合うこともなかった。

「堀江は、今もあの会社に?」

「ああ」堀江はうなずきながらスジエビのかき揚げをかじる。「あっちこっちに転勤し続けて、一か月前からこっちの営業所だよ」

堀江は準大手とされているゼネコンに就職したはずだった。頭も要領もいい男だったから、そこそこの出世もしたのだろうが、そういうことについてあまり興味は湧かず、詳しいことを聞きたいとは思わなかった。

「じゃあ、こっちは久しぶりなのか」

「まあね。でも、お前にとっちゃ地元でも、俺にとっては大学時代に四年間住んでたってだけさ。別に郷愁みたいなのはないね」

そういえば堀江は東海地方の出身だったはずだ。

その後は何となく会話が途絶えてしまい、二人とも黙々と箸を口に運んだ。途中で一度、堀江が「旨いな、結構」とつぶやくように言ったけれど、礼の言葉を口にしたりしたら「でも何だかよぉ」などと前置きして、今度は逆に難癖をつけてくるような気がしたので、聞こえなかったことにした。

食べ終わり、缶の緑茶の残りを飲んだ。空はさきほどから雲が多くなり、西の方には雨雲らしきどす黒い雲も出てきた。

「弁当屋って、会社なのか」と堀江が聞いてきた。

「いや、年寄りが個人経営してる小さな店だよ」

「だったら給料なんかは厳しいんだろう」

「ああ。でも、食い物には困らないから」

堀江は小馬鹿にしたような感じで、ふんと鼻を鳴らした。

「じゃあ、仕込みなんかもやるわけだ」

「ああ。食材の確保、調理、販売、全部やってる」

面倒臭いので、魚を釣ったり野草を摘んだりして食材を確保していることは省《はぶ》いた。

「いつも路上販売なのか」

「最初は注文取って販売するつもりでいくつか会社を回ったりしたんだけど、どこもけんもほろろでね。まあ、当分は路上販売だな」

「雨が降ったりしたら、どうするんだ」

「小雨だったら、木陰でビーチパラソルでも立てりゃいいと思ってるんだけど、強い雨だったら休みにするしかないだろうね」

「何だ、何だ、晴耕雨読みたいな生活かよ。結構な身分だな」

良郎は少しむっとなったが、堀江の様子がおかしいことに気づいた。

堀江はハンカチを出して顔を拭いていた。最初は汗か脂をぬぐっているのかと思ったが、目が赤くなっていた。

どうかしたのか、と声をかけるよりも先に、堀江はばつが悪そうな顔になって鼻をすすった。

「すまん。最近、いろいろあったもんで。お前と外で弁当食ってるうちに、何ていうか、張りつめていた糸が急にゆるんじまったみたいで」

「何かあったのか？」

「いろいろね。それなりに出世はしたんだが、楽しいことなんて全然なくてさ。取引先に頭下げて、卑屈な態度でおべんちゃら言って、上からはきついノルマを課されるし、下の連中から嫌われてることはとっくに判ってるし。毎日がとにかく面白くなくて、大声で叫びたくなるっていうか……人生って何なんだろうって、最近思うよ」

「………」

「転勤を繰り返すから、家族でそのたんびに引っ越し。カミさんも最初のうちは、仕方がないって態度だったけど、娘が何回も転校しなきゃならないから、だんだん文句言うようになってね。それで今は一人暮らしだよ」

「ふーん、単身赴任か」

「いや、離婚したんだ。娘は今、中三なんだけど、友達ができたと思ったら転校っていうのを繰り返してきたせいで、精神状態がおかしくなっちゃって。医者によると、転校うつっていう症状なんだとさ。それで会社に何とか転勤しなくていいようにって、いろんなコネを使ったんだけど、結局駄目で。カミさんから退社するか離婚するかを迫られてね。でもよ、この年で退社して、どうやって食っていくってんだ」

「そうだな」

「お前はすごいよ」

堀江は、無理したような笑顔を向けた。

「何が」

「お前みたいに」堀江はすぐに視線をそらせてお茶の缶を見つめた。「弁当屋やってでもっていうタフさはないよ、俺は」

良郎はかける言葉が見つからず、小さくうなずいてやることしかできなかった。

16

幸い、十一月の上旬はそこそこの天気が続き、雨が降っても午前中に上がったり、夕方になってから降り始めたりで、路上販売には支障がなかった。

初日に天然ウナギのことを疑った五十代の男性は翌日もやって来て、「あのウナギは本物の天然物でした。失礼なことを言って申し訳ない」と頭を下げ、それからちょくちょく弁当を買ってくれるようになった。どこの会社で働いている人か判らないのだが、同僚や部下らしい人を連れて来てくれることもあり、その人たちも他の誰かに宣伝してくれているようで、売り上げは日を追うごとに伸びていった。フェアメイドの栗原小奈美や女性スタッフ、フェアメイドの常連客、歯科衛生士の女性なども、しばしば買いに来てくれたし、そちらのルートでも口コミでお客さんが増えてきたようだった。弁当を買ってくれる人の中には「土曜日も販売して欲しい」という人たちもいたので、試しにやや少なめの弁当を用意してみたところ、平日並にさばけてしまったため、大将と話し合って、休みは日曜日だけ、ということに変更した。リストラなどで人員整理をした会社の多くが、残った社員に負担をかける形で休日出勤などを強いている影響かもしれない。

そんなある日、弁当の販売中に、ノビルを分けてあげたり野草についてのレクチャーをしてあげた覚えがある英国紳士風の老人とも再会した。先に気づいたのは向こうの方で、「やあやあ、奇遇ですなあ」と大きな声で近づいて来たので、今は小さな弁当屋で働いていることや、摘んだ野草などもおかずに使っていることを話すと、「それはそれは。では私も是非一つ、いただけませんか」と、丁寧な態度で買ってくれた。その際、「さしでがましいことを言いますが、前に勤めておられた会社で注文販売をさせてもらえば、よりたくさん売れるのではありませんか」と聞かれたので良郎が「頼んでみたのですが、断られまして」と苦笑いすると、「そうですか。冷たいものですね」と、ちょっと同情するような表情だった。

その翌日、良郎が弁当を売っていると、王崎ホームの畑田総務部長が血相を変えてやって来た。よほどあわてているのか、良郎の前で足をもつれさせて前のめりに転倒し、顔をしかめて立ち上がった。

何ごとだろうかと訝《いぶか》っていると、畑田総務部長が両手を払いながら、明らかに作り物の笑顔で近づいて来た。良郎は条件反射的に、弁当の注文販売を冷たく断ったときの畑田総務部長の態度を思い出した。

「ここでお弁当を売ってるって聞いてね。どう、繁盛《はんじょう》してる?」

「お陰さまで、まあまあってとこです」

「そう。それはよかった」

他の客が弁当をくれと言ってきたので、畑田総務部長はいったんどいた。その客がいなくなるまで、ずっと気味の悪い作り笑いのままだった。

「君んところの弁当、うちで注文販売できるように手配したよ。明日から来ていいからね。じゃんじゃん売ってくれ」

「はあ？」

「弁当だよ。注文販売させてくれって言ってただろ。あのときは会社の方針などもあって断ることになっちゃったけど、王崎ホームで一緒に働いた仲間だからさ、できれば協力したいって思ったんで、私なりに気を利かせたってことだよ」

良郎が返事をしなかったので、畑田総務部長が少し苛立った態度になって「注文販売を認めるって言ってるんだよ、何とか言ったらどうなんだね」と言った。

「あのときは確かにお願いしましたけど……今おっしゃられても、申し訳ないんですが、ちょっと対応できそうにありません」

「どうしてだ？」

「路上販売で、だんだん売れるようになってきてまして、最近では一日で三十個近く売れることもあるんです」

「だから何だ？　注文販売もやればさらに売り上げが伸びるじゃないか」

「うちは年輩の大将と二人で細々とやってますので、あまりたくさん作ることはできないんです。注文販売に数を取られると、わざわざここに買いに来てくださるお客さんの分が足りなくなります」

「じゃあ何か？　私が段取りをつけてやったのに、余計なお世話だと言うのかね」

「申し訳ありませんが」

畑田総務部長の赤ら顔が、さらに赤くなった。真っ直ぐに両腕を下げて、拳を固めて、震わせていた。

そこまで怒ることないだろうに。良郎は仕方ないのでもう一度謝ろうとしたが、先に頭を下げたのは、畑田総務部長の方だった。

「すまんっ、芦溝君。実は、株主の織島昭次郎《おりしましょうじろう》さんから怒られたんだ。君があの方と知り合いだと判っていたら、あんなこと言わなかったのに」

織島という名前ぐらいは良郎も知っていた。先代社長の元戦友で、王崎ホームの株式の三分の一近くを持っている人物である。だが、顔までは知らないので、急に織島昭次郎の名前を出されて面食らうしかなかった。

「あの、どういうことでしょうか。私は織島さんとは……」とそこまで言いかけて、はっとなった。あの英国紳士風の老人がそうなのではないかと思い至ったからだった。

そういえば、初めて会ったときに、市内に本社がある住宅販売会社で働いていたがリストラされた、というようなことを話した覚えはある。だから昨日再会したときも、以前働いていた会社で注文販売をしてはどうかというようなことを言ってきたのだ。

どうやら織島老人は、王崎ホームのトップに何か言ってくれたらしい……。

だが、気持ちはありがたいが、今は路上販売だけで手がいっぱいだった。それに、コネで買う客よりも、路上販売しているところに買いに来てくれるお客さんの方がどう考えたって大切だった。

「何にしても、今は注文販売までは手が回らないんです」良郎は畑田総務部長を見返して言った。「すみませんが」

「き、君は」と畑田総務部長が良郎を指さした。「私に復讐《ふくしゅう》したくてそんなことを言ってるんだろうっ」

「違います」

「貴様……」畑田総務部長はそれに続く言葉を探している様子だったが、結局「後悔することになるぞっ」と吐き捨てただけで踵《きびす》を返した。

やれやれ。妙なことに巻き込まれてしまったものだ。良郎はため息をついて、ずんぐりした畑田総務部長の後ろ姿を見送った。

十一月の半ばになると、何度か雨の日もあったが、木陰にビーチパラソルを立てて何とか販売した。この頃になると、雨が降っていても傘をさして買いに来てくれる常連客たちもいて、確実に三十個以上が売れるようになっていた。その分、仕込みは大変になったが、食材の調達は何とかなっていた。ウナギは最近獲れる数が減ってきていたが、二か月分ぐらいの冷凍備蓄は既に確保できているし、ブルーギルも今はできるだけ多く釣って、毎日切り身にして冷凍している。オイカワやマブナ、スジエビなどはポイントをこまめに探せば周年捕獲できるから問題ない。野草も、ナズナやハコベはこれからまだまだ採れるし、キクイモもぽつぽつ収穫できるようになってきた。

良郎の生活は、午前中に〔いわくら〕の調理場で弁当を作り、昼に路上販売し、午後は食材を確保するために釣りや野草摘みに精を出し、備蓄用に切り身を作る、という作業の繰り返しだったが、全くつらくはなかった。調理をするときには美味しそうな顔で食べてくれるお客さんたちのことを想像するし、販売するときにもさまざまな人との出会いがあって飽きることがない。釣りや野草摘みはさらに楽しい作業で、良型の魚がかかったときの手ごたえや、大きなノビルを見つけたときの興奮はこたえられない。また、身体を動かす機会が多いせいか、夜は以前のようにアルコールの力を借りなくても布団に入ったらすぐに眠りの世界に入り、朝になれば勝手に目が覚めるようにもなった。ウエストのサイズはいつの間にかかなり減って、ベルトの穴の位置が二つ分移動していた。康世も失業中のときみたいに小言を言わなくなった。真美とは相変わらず会話はないが、良郎がときどき余った食材を持ち帰って冷蔵庫に入れておくと、勝手に食べているようだった。

〔いわくら〕の大将も案外やる気を見せてくれて、最初は「あまり協力はできないよ」などと言っていたのに、売り上げが伸びてきたのに比例して、仕込みや後片づけにかかわってくれるようになった。もともと商売人だから、商売ができるということが元気の源になるのかもしれない。大将はその他、老人クラブなどにも営業の電話をかけてくれて、その第一弾の成果として、十一月下旬の日曜日に弁当三十個をグラウンドゴルフ大会会場である運動公園に配達、という臨時の仕事も決まった。

十一月下旬の日曜日はやや気温が低いものの空は快晴だった。良郎はグラウンドゴルフ大会の会場に弁当三十個を配達した後、いったん帰宅して、クーラーボックスを自転車に積み、片手に網を持って出かけた。今日はスジエビ捕りを主にやるつもりだった。

スジエビは水草に潜んでいることが多く、網で水草ごとすくうようにすると捕れる。といっても、網の中にはモツゴやタナゴといった小魚もよく入っており、こちらも佃煮の材料になるのだが、他の食材が充分に得られているので、今のところはスジエビ以外はリリースしている。この日良郎は、加江瀬市南部に網の目状に広がっている農業用水路を巡って、スジエビを獲って回った。水路が道路の下を通ってトンネルになっている場所や水門付近が主なポイントである。

数か所でスジエビを捕って、次なるポイントに移動する途中、水門前に立って竿を出している若者を見つけた。近くのガードレールに立てかけてあるマウンテンバイクを見て、もしかしてと思い減速しながら近づくと、確かに記憶にある色白の若者だった。

彼の方も気づいたようで、良郎を見て、あっ、という表情になった。

以前、小布施川溜池でブルーギルを釣っていたときに出会った若者である。

「こんにちは」と声をかけると、若者は「どうも」と、少し気恥ずかしそうに笑った。

「何か釣れる？」

「今、タナゴを釣ってるんですよ」

「へえ、タナゴ釣りか」

若者が持っていた竿は細くて、長さも大人一人の身長分ぐらいしかなかった。シモリウキを使った仕掛けのようである。

水面にあったウキがすっと沈み、若者が竿を軽く立てた。細い竿が予想外に曲がり、釣り糸が水面を走り回る。

やがて現れたのは、尻びれの赤色が鮮明なヤリタナゴだった。シルエットはフナの稚魚みたいな感じだが、魚体に淡く青緑やピンクの色彩を帯びている。こんなにきれいな小魚が農業用水路にいる、というのが意外というか、掃き溜《はきだ》めに鶴《つる》、という感じで、良郎もすくった網の中に初めてこの魚を見つけたときには、しばらく見とれたものだった。

「ヤリタナゴだね。いい色だ」

「そうですね」

若者はポケットからポリ袋を出して左手にはめ、ヤリタナゴを良郎に見せてからハリを外し、しゃがんで水路に逃がした。ハリは、良郎が普段使っているものよりもかなり小さくて、目をこらさなければよく見えないぐらいだった。

「あのときに竿を持たせてもらったのがきっかけで、釣りに目覚めちゃって」と若者は照れくさそうに笑った。「今ではいろいろ釣ってますよ。ルアーフィッシングも始めたし。でもこれから春までは寒ブナ釣りとタナゴ釣りがメインかな」

冬のフナを、釣り人たちは「寒ブナ」と称することが多い。春や秋のように簡単には釣れないが、深場にじっとしているマブナやヘラブナを狙う独特の攻略法があり、ある種別物の釣りとして認識されているためである。タナゴも、実際には周年釣れるのだが、冬になると水門回りやヨシが茂っている場所などに集まって来ることが多くて狙いやすいため、寒い時期がシーズンとされている。

若者は小さなハリにチューブえさをつけた。良郎がオイカワやマブナを釣るときに使っているのと同じものだった。

「俺はタナゴ釣りはしたことないけど、案外引きは強そうだね」

「そうですね。細くて繊細な竿を使えば、結構手にきますしね」

なるほど。繊細な竿を使えば、小さな魚でも引きが手に伝わって、独自の楽しみ方ができるわけか。タナゴ釣りは江戸時代にカネ持ち旦那衆の遊びとして発展したらしいが、今でもファンが少なくない理由が判る気がした。

次にかかったのはタナゴにしては大物らしく、竿先がかなり大きくしなった。と思ったら、現れたのはタナゴではなくヌマムツだった。カワムツに似ているが、胸びれや腹びれの縁が赤く、顔がやや尖《とが》っているのが特徴である。

「タナゴを釣ってると、こいつの方がよくかかるんですよね」

若者は苦笑しながらポケットから先が細長いプライヤーを出して、ヌマムツの口に突っ込んだ。ハリを飲まれてしまったようだったが、彼は慣れた手つきで外し、リリースした。

その後、しばらく見物させてもらいながら、市内のどこで何が釣れるか、どんな釣り方がいいかといったことを情報交換した。若者は、短期間のうちにかなりのことを勉強したようで、釣った魚の種類だけでいうと既に追い越されてしまっていた。竿などの道具についてもやたらと詳しく、リール竿もいくつか持っているようだった。

そういった話がひととおり済んで、間ができたのでそろそろ引き上げようとしたときに、若者がぽつりと言った。

「俺、今まで人生の目標が見つからなくて、高校は卒業したけど、ずっとニート状態だったんです」

良郎はいったんまたがった自転車を降りて、停め直した。

「でも、釣りに目覚めたお陰で、水産大学で勉強するっていう目標ができました」と若者は続けた。「まずは大学に合格しなきゃいけないんですけど、絶対に入ります」

釣りと水産大学というのが頭の中でつながらず、良郎は「へえ」とあいまいな感じで相づちを打った。若者は良郎の顔を見て察したようで、さらに説明を続けた。

「水産大学の中には、釣り関係のビジネスについて専門に教える学部があるんです。そういうところを出て、アメリカに渡ってバス釣りのプロになった人もいますし、釣具メーカーに就職して新製品の開発に携わってる人もいるんです」

「へえ、そうなんだ」

水産大学は漁業や養殖だけを扱ってるわけではない、ということか。

「俺の目標は、管理釣り場とか釣り堀とかの経営なんです。家族連れやカップルが遊びに来て、一緒に釣りを楽しむ場を提供するんです。あと、移動可能な小型の釣り堀っていうのも面白いんじゃないかと思うんですよ。イベント会場とか、ゲームセンターとか、キャンプ場とかにそういうのを置いて、釣りを楽しんでもらうんです。本物の川とか湖とか海とかで釣るのが本当ですけど、初心者や子供にとっては、そういう場があった方がとっつきやすくていいんじゃないかと思うんで」

熱く語る若者の表情は、この前初めて会ったときに感じた、どこかひねくれたような、無気力な印象とは全く別人だった。

「いいね、それ」良郎は大きくうなずいた。「想像するだけで楽しくなるよ」

この子の力になれてよかった。そうも思ったが、いや逆なんだと、心の中でつぶやいた。

この子の話を聞いて、かなりエネルギーを分けてもらったのだから、こっちが感謝しなきゃ。

17

スジエビを自宅に持ち帰って塩もみし、密閉容器に入れて冷凍庫にしまってから、今度はキクイモ掘りに出かけた。

キクイモはキク科の多年草で、明治時代に家畜の飼料用に北米から入ったものの栽培が定着せず、そのまま野生化したという外来種である。秋に小型のひまわりのような黄色い花をつけ、花も茎も枯れるのを待って掘れば、ショウガに似た形のイモが採れる。皮をむいてゆで、煮物、揚げ物、あえ物などにすると旨い。しかもありがたいことに繁殖力が強く、土手、空き地、線路わきなど至るところに生えてくれる。ポイントは、秋に花が咲いているときにその場所をしっかり覚えておく、ということである。良郎はもちろん、市内の十数か所にキクイモが埋まっていることを知っており、メモにも残してあるので、これから十二月まで、そこを順に掘っていけばよかった。

この日はJR沿線の空き地をスコップで掘っただけで、キクイモがデイパックいっぱいになった。調理法を思案しつつ、にやけながらデイパックを背負い直したときに、空き地の出入り口に白い大型車が停まり、運転席の窓が下がった。左ハンドルの車だった。

やばい。運転席からこちらを見ているサングラスをかけた男を見て、にわかにひざが震えてきた。丸坊主頭といい、白いジャージのえりに見える金のネックレスといい、どうみても筋者《すじもの》だった。

あの男の土地なんだろうか。だとしたら、因縁つけられて、何万円ものカネを要求されるんじゃないか。良郎は唾を飲み込んだ。心臓も高鳴っていた。

「おい」とその男が怒鳴るように言い、「こっち来い」と手招きした。

行かなければ、向こうが車から降りてやって来そうな気がしたので、従うしかなかった。

　おそるおそる近づくと、男がサングラスを外して睨《ね》めつけてきた。眉毛が剃られていて、目つきだけで人を倒せそうな怖い顔だった。

「何やってんだ、お前」

　そう聞かれ、良郎は五メートルほどの距離を置いて立ち止まった。あまり近づくと何かされそうで不安だった。

「あの……キクイモを掘ってました」

「あ?」男は顔をしかめた。何だそれは、という感じの表情だった。

「キクイモっていうイモの仲間が自生してるんで、掘ってたんです」

　男がドアを開けて、車から降りた。サングラスを白いジャージのポケットに入れる。身体が大きいわけではないが、威圧感があり、今にも殴ってきそうな雰囲気を放っていたので、良郎は自然と後ずさった。

「見せてみろ」

「は?」

「その掘ったキクイモってのを見せろってんだよ」

「あ、はい」

　良郎は弾かれたように背負っていたデイパックを下ろして、中からキクイモが詰まったポリ袋を引っぱり出した。袋の中にはスコップも入っていたので一瞬、いざというときはこれを武器にしようかと考えたが、それは無謀過ぎる考えだと思い直し、手にするのはやめた。

ポリ袋の中身を広げて見せると、男が寄って来て覗き込んだ。

「これがキクイモってのか」

「はい。空き地とか、土手とか、その辺に自生してまして……」

「旨いのか」

「ええ、割と。里芋みたいな感じで」

「ふーん」男は口の端を歪めながら小さくうなずいた。「それ、お前が食うわけか」

「といいますか、私、弁当屋で働いてまして、そのおかずにするために採ってたところでして……」

言いながら、何をしゃべってんだと焦りが募った。そんな余計なことを言ったって仕方がないではないか。自分で食べるために掘ってたと言えば、それでいいのに。

「お前、そんな仕事やってんのかよ」

「はあ……」

男の口の端がますます歪んだ。と思っていると、男がぐふふふっと笑った。

「思い出せねえのかよ、俺を。芦溝」

険しい顔で言われ、あらためて男の顔を見つめた。

男が苦笑し、唾《つば》を足もとに吐いた。その仕草を見て、急に記憶がよみがえった。

「あっ」良郎は相手を指さした。「樋口さん」

高校生のときに、良郎に何度もバッティングピッチャーをさせた男、樋口勉だった。

「やっと思い出したか、馬鹿たれが」樋口は良郎の腹を殴る真似をしてから、平手で肩を乱暴に叩いてきた。「普通にリーマンやってると思ってたら、弁当屋かよ。しけた人生送ってるじゃねえか」

「今年の春まで、サラリーマンやってたんですけど、リストラされまして」

樋口は口を開けて、ああ、そういうことか、というう感じのうなずき方をした。

「ふーん、どこも不景気だからな」

「樋口さんもお元気そうで」

「元気は元気だけどな」樋口は顔をしかめながら少しだけ笑った。「せっかくだ、ちょっと車に乗れや」

「あ、いえ……」良郎は、相手の顔色を窺いながら小さく頭を振った。「私は自転車で来ましたので」

「走りながらちょっと話をするだけだ。またここに戻って降ろしてやっから。ほれ」

樋口はそう言うなり、さっさと運転席に乗り込んでしまった。

これ以上抵抗したら、怒り出すだろうな。殴られるところを想像し、良郎はおずおずとキクイモのポリ袋をデイパックの中に戻し、助手席の方に回り込んだ。それがいいことなのか悪いことなのかよく判らなかったが、車には他に誰も乗っていなかった。

助手席のシートは広々としていて、腰を下ろすと身体が沈み込んだ。まだシートベルトを締めていないうちに、樋口は車を発進させた。

「しかし、相変わらず面白い奴だな、お前は」樋口はちらっと良郎を見て口もとを緩めた。「自分でおかずの材料を掘って回る弁当屋なんて、聞いたことねえよ。もしかして、ニワトリとかブタも飼育してんのか」

「いえ、それはやってませんけど、魚やエビを捕って、それを弁当の材料にしたりはしています」

交差点に入る前に赤信号になったが、樋口は強引にそのまま通過した。

「魚にエビだと？　……やっぱりお前は変わってるよ」

「そうですか？」

「ああ。高校のとき、最初会ったときはただのへたれだと思ってたんだが、つき合ってみたら違ってたしな。何かこう、口では上手く言えんが、とにかく俺にとっちゃお前は面白い奴だったよ。ところで、あの頃に一緒に野球の真似事してた奴ら、最近どうしてるか知らねえか」

「いえ、その後誰にも会ってないし、連絡先も知りませんので……」

良郎が投げるボールを打っていた連中はみんな樋口の仲間であって、良郎の友達ではないから、そんなこと知っているわけがない。だが、一つ判ったことは、樋口もあの頃の仲間とは疎遠になっている、ということだった。

ところで樋口さんは何をやっておられるんですか。

会話が途切れたところでそう尋ねようとしたが、良郎はその言葉を飲み込んだ。ハンドルを握っている樋口の左小指の先がなくなっているのに気づいたからだった。左手の中指と薬指には大きな石の指輪がはまっており、手首からは金のブレスレットが垂れ下がっていた。

それから良郎は、樋口が自身のことを語り始めるのを阻止するような感じで、聞かれもしないのに自分自身のことをいろいろと話した。樋口のことを知ると、何か余計なことに巻き込まれそうな気がして不安だった。

数分後、樋口が車を停めたのは、良郎がキクイモを掘った空き地ではなく、北に一キロほど離れたバッティングセンターの駐車場だった。

「お前の顔を見たら久しぶりに打ちたくなった」樋口はサングラスをかけ、シートベルトを外した。「ちょっとつき合えよ、な」

もとの場所に連れて行くっていう約束だったじゃないですか。良郎はそう言いたいのを我慢して、一緒に車を降りた。連れて行かれたのが組の事務所みたいな場所でなかっただけでもよかったと考えるべきだった。

樋口はバッティングセンターの受付に大声で「おい、打ちたいんだけどよ、どうすりゃいいんだ」と尋ね、男性従業員が顔を強張《こわば》らせて利用法についての説明をした。プリペイドカードを購入するシステムだったのだが、良郎が財布を取り出す前に樋口がカードを二枚買い、一枚を寄越してきた。良郎が「自分の分は自分で払いますから」と言ったが、樋口は舌打ちして「要らねえよ、お前がせこせこ働いたカネなんか」とカードを押しつけてきた。見ると、これ一枚で三回打てるようだった。

樋口がまず、球速九十キロの打席に立った。最初の数球を空振りして「駄目だ、目がついていけねえよ」と苦笑いしていたが、やがて当たるようになり、後半はそこそこ打ち返していた。

球速九十キロのコーナーで交互に打った。良郎も樋口と似たようなもので、最初は空振りが続き、途中から何とか当たるようになり、三回目はときどきいい当たりが出るようになった。打ち終えた後、樋口から「もっとやるか」と聞かれ、良郎が「いえ、もう充分です」と答えると、樋口の方も疲れたのか、「そうだな、この年になって調子に乗ったら、明日が怖いからな」とうなずいた。

そのまますんなり帰れそうな雰囲気だったが、樋口が「何か飲もうや」と言って自販機でペットボトル入りの炭酸飲料を二つ買い、受付近くのベンチに座って飲むことになった。ときおり若者たちが、樋口を見て足早に前を通り過ぎた。

「久しぶりに身体動かして汗かいたわ」樋口は受付のカウンターに置いてあったおしぼりで首の辺りをぬぐいながら炭酸飲料を飲んだ。「サウナで汗かくってのなら、よくやるんだがな」

良郎がどう返事したものかと思っていると、樋口がつぶやくように「あの頃が一番楽しかったかもしれんなあ」と言った。

「え？」

「お前が投げるボールを打ってた頃だよ」樋口はちょっと恥ずかしそうに口もとを緩めた。「遊びであんなに一所懸命になったのは、後にも先にもあのときだけだった。何であんなに夢中でやってたのか、今はもう判んねえな」

へえ、そうだったのか。こちらとしては、びびりながら嫌々つき合ってただけだったので、そんな風に言われると、ちょっと申し訳なかったかな、という気がしてくる。

目の前を若いカップルが通り過ぎた。やはり樋口と目を合わせたくないからなのか、男の子は女の子の手を引いて、できるだけ良郎たちから離れた場所を通り過ぎて行った。

そのカップルが外に出て行くとき、女の子がちらっとこちらの方を見た。

あれ。真美……じゃない、か。

見えたのは一瞬だけで、はっきりしなかったが、似ているなと思った。

カップルは外に出てすぐに左に曲がり視界から消えた。女の子は、肩ぐらいまでの茶髪で、赤っぽいカジュアルシャツにジーンズという服装だったが、真美が着ている服を詳しく知っているわけではないし、今どういう髪形だったかというのも思い出せない。

多分、見間違いだろう。

「おい」と樋口が言い、左手を曲げてロレックスらしき腕時計で時間を確かめた。

「俺はこの後、用事がある。送ってやっから、早く飲めや」

幸い、樋口はすんなり送ってくれた。運転中、樋口は意外なぐらいに寡黙《かもく》だったが、信号待ちで停止したときにぽつりと「組織のしがらみってのがないのは、いいことかもな」と言った。良郎が「え?」と聞き返すと、樋口は「何でもねえ」と、ちょっと怒ったように言い、それ以上のことが聞ける雰囲気ではなくなった。

もとの空き地で降ろしてもらったときに、樋口から連絡先を聞かれそうな気がしていたが、「じゃあな」と片手を上げただけだった。解放されてほっとした半面、樋口のそのときの様子が何だか寂しげで、少し気にかかった。

その日の夜、良郎がトイレから出ると、目の前に真美が立っていたので反射的に「うわっ」と声に出してしまった。娘とこんなに至近距離で向き合ったことがめったにないせいで、妙な焦りを感じた。

「ちょっと聞きたいことがあるんだけど」

真美は挑《いど》むような視線を向けてきていた。

「な、何だ」

真美がダイニングの方に行ったので、良郎はその後に続いた。康世は入浴中らしかった。

「今日、バッティングセンターにいたでしょ」

真美は椅子に座らず、立ったまま振り返って言った。

やっぱり真美だったのか。良郎はあらためて真美の服装を見たが、着替えたのか、今は白いパーカーにジャージという格好だった。

「ああ、ちょっと知り合いに誘われて」

「一緒にジュース飲んでた人のことね。あれって、やーさんじゃないの?」

「あー……」何と説明するべきかすぐには決めることができず、「多分」とうなずいた。

「何でそういう人種と知り合いなのよ。私、びっくりしたんだから。お母さんは知ってるの？　あんたがそういう連中とつき合ってること」

「おいおい、父親にあんたはないだろう」

「どうなのよっ、聞いてることに答えなさいよっ」

怖い顔で睨まれ、良郎は半歩後ずさった。

「高校のときに一緒に草野球をした人なんだ。それで、今日たまたま会ったんで、誘われてバッティングセンターに行って、一緒に打ったってだけでさ、別にそれ以上のつき合いはないよ。見た感じ、確かにヤクザみたいだったけど、実際どうなのかってことも知らないし。ただ、俺にとっては昔遊んだ仲間ってことは確かだから……」

少し声をうわずらせながら説明する間、真美はじっと良郎の顔を見つめていた。うそをついていないかどうか確かめようとしてのことのようだったが、娘からこういうふうに見つめられたことがないので、何だかどぎまぎした。

「本当なのね」

「ああ、本当だよ。俺がヤクザとかかわってる人間に見えるか」

「見えないけど、ああいうところを見たから」真美は、子供をしかる母親みたいな感じで腕組みをした。「まあ、そういうことなら別にいいんだけど」

「心配かけて悪かったな」

「私は別に」真美はそう言うなり、良郎の横をすり抜けて階段がある方に向かった。「お母さんのことが心配になったから聞いてみただけ」

ああ、そうですか。良郎は心の中でつぶやき、真美が階段を上がって行く足音を聞いた。

二階のドアが閉まる気配を聞いてから、父親としては「あの男の子は誰なんだ」と聞くべきだったのかなと思ったが、聞いてもどうせ教えてくれないだろうなと、ため息をついた。

樋口勉が傷害罪で逮捕されたという記事を新聞の社会面で見つけたのは、その翌々日だった。樋口は指定暴力団の構成員で、同じ組の幹部を殴って全治一か月の大怪我を負わせたという。動機などはまだ判っていない、と書いてあった。

記事をもう一度読み返して新聞を閉じたときに、樋口の言葉がよみがえった。

組織のしがらみがないってことは、いいことかもな。

樋口は、若いうちからやりたいことをやって、好き放題の人生を楽しんで来たと勝手に思っていたのだが、実はそうではなかったのかもしれない。

また出会うことがあって、バッティングセンターに誘われたら、相手をしてもいいかな。こっちから提案する気はないけど。

18

その週の木曜日は九月中旬並の陽気だとかで、ジャンパーをはおっていたら汗ばむほどの暖かさだった。

昼間、良郎は三十二個の〔ひなた弁当〕を路上で売り、午後はブルーギルを釣るために自転車で小布施川溜池に出向いた。今日は水温も高いので、ブルーギルをできるだけたくさん釣り、切り身にして冷凍保存するつもりだった。〔いわくら〕の大型冷蔵庫は、まだまだ冷凍室のスペースに余裕がある。

いつものように南側のコンクリート護岸を下りると、良郎にとっては釣りの師匠ともいえる、あの体格のいい男性が、水際に立って清流竿を出していた。邪魔をしてはいけないと思い、その場でしばらく見ていたが、男性は良郎のものよりも長いと思われる竿をなぜかゆっくりと右に動かしていた。ウキなども見当たらなかった。

例の毛バリ仕掛けでブルーギルを狙っているのだろうかと思っていると、竿先が急に曲がった。男性はすかさず竿を立てて合わせを入れた。

　竿先は大きくしなりながら右に左にと動き、魚が突然水面を破ってジャンプした。一瞬見えたその魚体は、どうやらブラックバスのようだった。ブルーギルは普通、あんなふうにジャンプはしない。

　男性はさらに竿を立てて魚を引き寄せ、釣り糸をつかんで引き上げた。

　やっぱりブラックバスらしい。男性はその魚の下あごを左手でつかんで持ち上げ、右手を広げておおよそのサイズを測っていた。

　気配に気づいたらしく、男性が振り返った。

「やあ」と男性が白い歯を見せたので、良郎は会釈して「こんにちは。バス釣りですか」と聞いた。

「ああ」男性はうなずき、ハリを外してブラックバスをリリースした。「今日は気温が高いから、もしかしたら釣れるかもと思って、仕事をサボって来てみたんですよ。そしたらビンゴで、割と浅いところでよくかかってくれますよ」

　やはり自営業の人らしい。自分と同類ということになるのかもしれないが、この人の方がきっと裕福なのだろう。

「バス釣りはリール竿とかルアーを使わないと釣れないいんじゃないんですか」

「そういう常識に囚《とら》われていたら、新しい遊びは生まれないんだな」男性は笑って、仕掛けを突き出して見せた。「セコリグって知ってますか？」

「いえ」

「小さなワームをハリにちょんがけした仕掛けのことなんですけど、今日はワームの代わりにコンニャクを使ってるんです。ある程度自然乾燥させて水分を抜いて、少し硬くすればワームとして使えるんですよ」

見ると確かに、五センチぐらいの長さで小魚のような形をしたコンニャクらしきものがハリにかかっていた。ハリから二十センチほど離れたところには、ガン玉おもりがかませてある。

「ただ、ワームだとほら、ロストしたらゴミになっちゃうでしょう」と男性は続けた。

「水中に放置したら環境ホルモンが溶け出すとも言われてるし。だから、自然に分解される無害なコンニャクを使ってみてるわけです」

「へえ」

この人も釣り人としてはちょっと変わり者なのかもしれない。

男性はさらに、バスの口は堅いので清流竿では上手くフッキングできないと思いがちだが、メバル釣り用の細めのハリを使って小さな仕掛けを使えばちゃんと釣れるし、ルアーを8の字に動かすなど独特の演出もできてバスの食い気を誘うことができる、何よりも清流竿の方が引きを楽しめるのだ、といったことも説明した。釣りのこととなると、釣り人はよくしゃべる。

話が途切れたところで良郎もブルーギル釣りを始めることにし、男性の邪魔にならないように少し東側に離れた場所に移動した。

水辺で仕掛けの準備ができたところで、そうだ、男性の名前を聞いておこうと思って姿を探したが、いつの間にかまたいなくなってしまっていた。これで名前を聞き損ねたのは三度目である。

気を取り直してブルーギルを釣り始めた。予想どおり、この日は魚の活性が高いようで、寄せえさ団子を投入した上でシラスを使った仕掛けを使うと、次々とかかった。二十四ほど釣り、そろそろクーラーボックスも一杯になるなと思いながらシラスをつけ直していると、背後から「あの——」と声がかかった。振り返ると、ダークスーツを着た白髪混じりの男性が土手の上に立っていた。きれいに七三に分けられた髪や縁なしメガネに、どこかインテリっぽい雰囲気が感じられたものの、全く記憶にない顔であり、初対面のはずだった。

良郎が「はあ？」と問い返すと、男性はガードレールをまたいでこちらに下りて来た。運動不足気味なのか、コンクリート護岸を下りる足取りがちょっとおぼつかない感じだった。

「あの、突然すみません。私はオトヤギと申します。ちょっと伺いますが、最近ここで、息子に釣りを教えてくださった方でしょうか」

そう聞かれて、あの若者のことが頭に浮かんだ。

「はあ、多分そうだと思います。色白でちょっとやせた子ですよね」

「あ、はい」

オトヤギと名乗った男性はほっとしたようにうなずき、内ポケットから名刺入れを出して、一枚を寄越した。

乙柳弘男という名前だった。この地方一帯で購読されている新聞社の、社会部長という肩書きがついていた。良郎は名刺を持っていなかったので、「私は芦溝良郎と申します。申し訳ありませんが名刺を持っていなくて……小さな弁当屋で働いている者です」と自己紹介した。

「息子のヒロトが大変お世話になり、ありがとうございます」と乙柳氏が頭を下げてきたので、良郎は「それはご丁寧にどうも」と応じた。

「今、少し話をさせていただいてもよろしいでしょうか」

「はあ、構いませんが」

「ありがとうございます」乙柳氏はもう一度、丁寧に頭を下げた。

どういう話なのか判らなかったが、クレームをつけようという感じではなさそうである。良郎は持っていた竿をコンクリート護岸にいったん置くことにした。

「息子はヒロトという名前でして、今十九歳です。弓にカタカナのムの弘に、人です。

妻とあの子と、三人で暮らしています」

「はあ」

　ということは、弘人君は真美と同い年か。

「弘人は、中学生ぐらいまではそこそこ勉強も頑張ってくれて、学校にもちゃんと行ってたんですが、高校の途中から不登校になりまして、何とか形だけは卒業したのですが、大学受験もせず、専門学校にも行かず、いわゆる引きこもりみたいな状態でした」

「あの子がですか」

　そういえば当人も、ニート状態だった、というようなことを言ってたか。

「はい。妻は中学校の教師をやっておりまして、私も、教育関係の文献などは昔からいろいろ目を通してきたつもりでした。そうやって得た知識を活用して、あの子にはできるだけのことをしてやってきたはずなのですが……現実の子育てといいますか、教育というのは、上手くいかないものですね。お恥ずかしい限りです」

「そうですか……」

　良郎自身は、教育の専門書など読もうと思ったこともないので、ほとんど異次元の話だった。

「仕事柄、規則的に休暇を取ることができませんでしたが、それでもたまの休日は必ずといっていいほど、家族で行楽に出かけました。温泉、キャンプ、テーマパーク、水族館、映画、外食、いろいろ行きました。専門書には、そういうことが家族のコミュニケーション作りにいいと書いてあったからです。ところがあの子は不登校になり、訳の判らない苛立ちを見せるようになって、親との対話を拒否するようになりました。それでも話しかけようとしたのですが、今度は暴力まで振るうようになってしまいまして。私も妻もどうしていいか判らず、一時はパニックでした」

乙柳氏は溜池のはるか先を見ながら言った。ときおり、水面に波紋が立っていた。

「思えば、教育関係の本というマニュアルに頼り切っていたのが間違いだったんだと今は思います」と乙柳氏は続けた。「そういうものに従っていれば間違いないという安易な姿勢をあの子は見抜いていたんでしょう。きっと、家族旅行なんかもあの子は、親がやりたがってることに仕方なくつきあっていたんだと思います」

「彼が外に出るようになったのは、最近なんですか」

良郎が尋ねると、乙柳氏はうなずいた。

「ええ。ずっと引きこもり状態で、自分の部屋からも出ようとしなかったのですが、あの子なりにいろいろ闘って何かが変わったんでしょう。二か月ほど前にマウンテンバイクを買ってからは、ときどき外に出るようになりました。ほっとしました」

「そうですか。よかったですね」

「芦溝さんのお陰です」と、乙柳氏が唐突に大きな声で言い、頭を下げた。「あの子が急に元気になったのは、あなたから釣りを教わったからなんです」

乙柳氏は急に良郎の両手を取り、強引に握手を求めてきた。良郎は両腕を強く振られながら、「はあ?」と間の抜けた言葉しか出すことができなかった。

「それまでは、話しかけても無視するか、うぜえ、などと汚い言葉を返してくるだけだったのですが、玄関前で鉢合わせしたときに、出かけるのか、とおそるおそる聞いてみたら、今まで見たことがないような笑顔で、ちょっと釣りに行って来るって答えたんです」乙柳氏はそこまで言って、ようやく良郎の手を離してくれた。「それで、釣りを始めたのかと聞いてみたら、信じられないぐらい、いろいろしゃべってくれました。その中で、芦溝さんのことも口にしたんです」

「へえ、そうでしたか」

確かにあの子に釣りをさせたとき、興奮していたようだったので、いいことをしたなあという思いはあったのだが、そんなことがあったとは……。

「今では、管理釣り場や移動式釣り場を経営するっていう人生の目標ができて、水産大学の受験勉強も始めたようです」

「その話は本人から聞きました。確かに、最初会ったときとは別人みたいに生き生きとしてましたよ」

「その話は本人から聞きました。彼のために役に立てたのなら、私もうれしいですよ」

「いえ、きっと彼は夢をかなえますよ。わざわざ、赤の他人である私にまで宣言したぐらいですからね」

「ほんとに、何とお礼を言っていいか……」

乙柳氏は感極まったのか、涙声になり、片手で口を塞いだ。良郎は、どう声をかけていいか判らず、その場でしばらく待つしかなかった。

「あの、よかったら、ちょっと魚を釣ってみませんか」

良郎がそう聞いてみると、乙柳氏は指先で目尻をぬぐってから「いえ」と頭を振った。「実は、近いうちにあいつから教わる約束をしてまして。そのときまで楽しみは取っておくことにします」

「あ、そうですか」

それもいいだろう。良郎は、二人が一緒に水辺に立って竿を出すところを想像し、息子を持つ父親をうらやましく思った。栄美も真美も多分、釣りに誘っても行くとは言わないだろう。

乙柳氏は別れ際、「本当にありがとうございました。これからもあの子をどうか、いろいろと指導してやってください」とあらためて頭を下げ、それから良郎が働いている弁当屋の名前を聞いて、「これからちょくちょく買わせていただきますので、よろしくお願いします」と言ってくれた。良郎も「それはありがとうございます」と頭を下げておいた。

社交辞令だろうと思っていたが、乙柳氏は翌日の昼間、路上販売をしている良郎のところにやって来て弁当を一つ買ってくれた。販売している場所までは教えていなかったのだが、乙柳氏によると、インターネットで検索してみたら、〔ひなた弁当〕のファンの人たちが少なからずいて、いろいろ書き込んでいたのですぐに場所の見当がついた、とのことだった。

「ところで、このお弁当ですけど」と乙柳氏は急にあらたまった口調になった。「芦溝さんが釣った魚も使われているそうですね。天然ウナギは自ら捕まえられたものだ、というようなことが複数のブログで紹介されてましたが」

「あー、はい、そうです」隠すようなことではないので良郎は素直にうなずいた。「魚だけでなく、野草も自分で見つけてきたものを使っています。ごはんとか、ごまとか、卵とか、仕入れた材料もありますけど、おかずはほとんど、自分で調達しています」

「えーっ」乙柳氏は絶句して、しばらく固まっていた。「それはまた……すごいことをされていますね」

「はは……どうも」

ほめられているというより、あきれられているようだった。

他の客もやって来たので、乙柳氏はその場所から下がり、辺りをきょろきょろして、「じゃあ、天気も悪くないんで、そこの公園でいただきます」と言い残して、児童公園に入って行った。良郎は「ありがとうございまーす」とその背中に礼を言った。

その日は、三十五個の弁当が全部売れてしまった。そこに既に馴染み客となった男性サラリーマンがやって来て「えーっ、何だよぉ、もうちょっと用意しといてよ」と口をとがらせ、良郎は「申し訳ありません」と謝ったが、その男性からの提案で、これからは事前に予約の電話をかけるからそのときは一個取り分けておく、という約束をした。確かに、常連客に対しては、予約を受け付けるようにした方がいいかもしれない。

幟などを片づけているときに、弁当を食べ終えた乙柳氏がまたやって来た。

「どうもごちそう様でした。いやあ、天然ウナギだけでなく、南蛮漬けも、野草の酢味噌あえも、堪能《たんのう》させていただきました」

「それはどうも」

これでまた常連客が増えた。もしかしたら乙柳氏が部下などに勧めてくれるかもしれないので、弁当の数をもう少し増やした方がいいかもしれない。四十個までなら、何とか作れるだろう。それ以上はちょっときついが……。

「ところで芦溝さんにお願いがあります」乙柳氏が急に改まった態度になった。「私、新聞紙上で週に一度、コラムを書いているのですが、そこで芦溝さんのことを紹介させていただきたいのですが」

「は？」

「つきましては、少し取材をさせてもらえませんか」

良郎は、意図を確かめるつもりで「はあ」と言っただけだったのだが、乙柳氏はそれを承諾と解釈したようで、満面の笑みで「どうもありがとうございます。助かります」と頭を下げた。

大将から了解をもらい、その日の午後と翌日の午前中、それぞれ約二時間ずつ、乙柳氏の取材を受けることになった。乙柳氏は良郎の仕事ぶりを見学した上で、手が空いたときを見計らっていろいろと質問をしてきた。できれば写真も撮らせて欲しいと言われたが、良郎は、見知らぬ他人から顔を覚えられて、地元の有名人みたいになるのは気が進まなかったので、それは勘弁してもらった。

乙柳氏のコラムは、二日後の朝刊に載っていた。良郎宅ではその新聞を購読していなかったが、一日遅れで乙柳氏が送ってくれた。

〔連載コラム　こちら社会部〕

加江瀬市に住む芦溝良郎さんは、今年の春、長年勤めた住宅販売会社の人員整理でリストラに遭い、五十歳を目前にして仕事を失った。家のローンは既に払っていたが、家族の生活を支えなければならないので、頑張って再就職先を探したものの、昨今の不況もあって、全く見つからない。どこも面接さえしてくれず、門前払いだった。そうして時間だけが過ぎてゆき、とうとう半年。追い詰められた芦溝さんの脳裏には自殺という選択肢までよぎるようになった。そんな芦溝さんを救ったのが、公園に落ちていたドングリだった。

日本人は遥《はる》か昔から、それこそ米よりも長い期間、ドングリを食べて生きてきたということを思い出した芦溝さんは、試しに拾い集めたドングリをゆでたり煎ったりして食べてみた。すると確かに、調理法によってはそこそこ美味しい。芦溝さんはこのとき、啓示を受けた。周辺を探してみたら、食べられるものは結構あるではないか、と。この時期であればギンナンが落ちているし、空き地や土手にはキクイモ、ナズナ、ハコベ、ノビルなど食べられる野草が生えている。タンポポだって、あく抜きさえすれば、葉や花は天ぷらに、根はきんぴらにして美味しく食べられる。やがて芦溝さんは、食べられる野草の研究を進め、調理の腕前を上げていった。そして野草にあきたらず、オイカワ、マブナ、ブルーギルなどの魚を釣ったりスジエビを網で獲ったりして、南蛮漬け、甘露煮、揚げ物など、レパートリーを増やしていった。天然ウナギを捕獲する方法も勉強して、今では毎日のように数匹ずつを確保している。ブルーギルという外来種の名前を聞いて、そんなものが食べられるのかと思う人もいるだろうが、実はアメリカなどでは、フィッシュフライに使われている人気食材である。記者も芦溝さんが調理したブルーギルの天ぷらを食べてみたが、タイだと言われても信じてしまうぐらいの旨さだった。

そんな芦溝さんがたどりついたのが、自身が調達した食材を作って弁当を作り、販売するという仕事だった。馴染みの小さな弁当屋さんに頼み込んで従業員として雇ってもらい、食材の確保から調理、販売までほとんどを一人でやっている。しかもすべて路上販売である。最初は注文販売をするつもりで、辞めた会社などに頭を下げて回ったのだが、どこからも断られてしまい、仕方なく始めた路上販売だった。しかし、一切れだけだけれど天然ウナギの蒲焼きが必ず入っていることや、他のおかずも美味しいと評判になり、今では毎日、三十個以上が売れている。四十個ぐらいまでは何とか作れるけれど、それ以上はちょっと無理ですね、と芦溝さんは生き生きとした笑顔で話す。

芦溝さんのお弁当には、〔ひなた弁当〕という名前が印刷されたラベルがついている。ほのぼのしていて、それでいて生きる力を感じさせてくれる名前だ。「これ以上お客さんが増えたら常連の方々に迷惑がかかるので」と芦溝さんたっての希望により、加江瀬市中心部の路上で販売しているということしかここには書かないが、興味がある人は自分の足で探して、食べてみて欲しい。きっと、芦溝さんのメッセージがこもった特別な味を堪能できるはずだ。（乙）

19

コラムの反響は早かった。良郎がノートパソコンを使ってインターネット検索してみると、さまざまな人がブログなどで取り上げ始めていた。ある掲示板には、ブルーギルなんかいくら美味しくても食べる気がしない、といった批判的な意見も寄せられたが、「ブルーギルは立派な食材ですよ。回転寿司でイズミダイという名称で使われている人気のネタだってテラピアという外来種の淡水魚なんですよ」「アメリカ留学中、ナマズやブルーギルのフィッシュバーガーをよく食べてたけど、旨かったよ」「ひなた弁当、おれは食べてみたい」など、肯定的に受け止めてくれる書き込みの方が多かった。個人のブログなどでも「リストラされたのにめげずに頑張ってる人だなあ。尊敬しちゃう」「確かに、その気になって探せば、食べる物って、あるんだよね。行動を起こすか起こさないかだけなんだよね」といった記述が目についた。中には、「加江瀬市内の住宅販売会社って、王崎ホームのことだよね」「あれは間違いなく王崎ホーム。今年の春に大規模なクビ切りを断行したビジョンのない会社」などという、良郎にとっては想定外の書き込みもあった。

弁当の売り上げも、とうとう一日四十個を作らなければ追いつかなくなった。しかし、確保できる食材や仕事の量の問題があり、また目が行き届かなくなってミスがあってはいけないということもあり、大将と話し合った結果、作るのは一日四十個まで、ということを決めた。収入面では、一日に四十個売ってもたいした儲けにはならないが、康世のパート収入を合わせれば生活を続けることはできるはずだった。

それに合わせて良郎は、栗原小奈美ら〔フェアメイド〕のスタッフや乙柳氏、その他しょっちゅう弁当を買いに来てくれる常連客には個別に、電話予約を受け付ける旨を伝えることにした。

コラムを書いてくれた乙柳氏には、名刺にあったアドレス宛に、謝礼のメールを送っておいた。おそらく彼としては、記者として興味を持ったというよりも、息子のことで恩返しをしようという思いがあったのだろう。

コラムが掲載された数日後、良郎がいつもの場所で〔ひなた弁当〕を完売し、後片づけに取りかかっていると、「芦溝さん」と声をかけられた。見ると、王崎ホームを同時期にリストラされた元宅地取得課長の古賀が、スーツ姿で立っていた。

「ああ、古賀さん。お久しぶりです」

良郎は頭を下げながら、リストラされたときに高架下の居酒屋で一緒に飲んだときのことを思い出した。彼は、知り合いのコネで不動産会社に再就職したはずである。

「新聞のコラムを読んだよ。インターネットとかで調べてみたら、この辺りで弁当売ってるらしいって判ったんで、来てみたんだ。頑張ってるねえ」

古賀の表情を見ると、本心から感心してくれているようだったので、良郎は「お陰様で」と笑顔でうなずいた。

「王崎ホームにいたときの君とは何だか違って見えるよ」

「そうですか」

「うん、何ていうか……目の力が違うっていうか。前はいつも何かにおびえてるようなおどおどしたところがあったのに、今の君は自信にあふれてるっていうか、胸を張って生きてるっていうか、とにかく堂々としてるよ」

あまりお世辞を言う人ではなかったはずなので、彼の目には確かにそう映るのかもしれない。悪い気はしなかった。

「古賀さんもお元気そうですね」

「まあ、何とかやってるよ。前に言った覚えがあるけど、知り合いの紹介で入った不動産会社で働いてるんだ。給料は下がったけど、仕事はちょっと楽になったかな。ところで弁当はもう売り切れ？」

「すみません。ついさきほど売り切れたところで」

「いや、いいんだ、それは。また今度買わせてもらうから」古賀はそう言って笑い、辺りをきょろきょろしてから、「ちょっといいかな」と言った。

「はあ、何ですか？」

「いやね、王崎ホームについて、いろいろ小耳にはさんだことがあるんで」

　そういえば彼は、そういう人脈をいろいろと持っている人だった。リストラされる前にも、他の課長や課長補佐たちはどうだとか、トップはどういう腹づもりでいるかといったことを教えてくれたし、良郎の直属の上司だった池上課長の〈裏切り〉も、古賀から知らされたのだった。

　児童公園内にある屋根つきベンチで話を聞くことになった。良郎が、余っていた緑茶を差し出すと、古賀は「ああ、すまんね」と片手で拝み、いっきに半分ほどを飲み干してから言った。

「王崎ホームの中では今、結構いろいろ起きてるみたいなんだけど、君は聞いてないかな？」

「いいえ」

興味のないことだったし、王崎ホームに残っている連中とも連絡なんか取っていないので、何が起きているのかなど全く知らない。

「まず、久米営業部長だけど、何日か前に糖尿病で入院したってさ。以前から持病として抱えてたらしいんだけど、医者の忠告に従わないで仕事を続けたり不摂生な生活をしたせいだろうね、とうとうぶっ倒れてかつぎ込まれたって」

「本当ですか」

「ああ。命はとりとめたものの、失明してしまったそうだ」

「失明……」

古賀は、良郎が驚くのを確かめるように見てうなずく。

「この分だと王崎ホームも退社することになるだろうよ。あの人、社内でまだ上に行くつもりだったんだろうけどね」

古賀はそう言って、糖尿病と失明の関係について、簡単に説明した。糖尿病性網膜症といって、血糖値の上昇が網膜の血管を痛めつけ、ついには出血を起こして失明、ということらしい。詳しいことは知らないものの、良郎も、糖尿病が原因で失明する事例があること自体は聞いたことがある。

久米部長というと、良郎に直接「辞めてくれ」と言ってきた人物である。会社にいるときは、糖尿病だということも知らなかった。おそらく、本人は隠していたのだろう。

「それから、君の直属の上司だった池上課長も、先々月から休職してるって。こっちはうつ病らしいよ」

「えっ」

「リストラで社員がたくさん抜けて、残った者に仕事が増えたのが原因じゃないかって、何人かの社員から聞いたよ。他にも、残ってる課長職の中で、精神状態がちょっと危なくなってる人がいるらしいんだ」

良郎がリストラされたとき、目を合わそうとしなかった池上課長の姿がよみがえった。あのときから既に、重いものを背負っていたのかもしれない。

「社長、金田常務、畑田総務部長のラインも」と古賀は続ける。「リストラを断行した割には会社の業績がよくならないっていうんで、責任を問われ始めてるらしいよ。リストラされた奴の中には、帳簿関係の不正を国税庁にチクったり、建て売り住宅で手抜き工事をしているという匿名情報をネット上に流したりする奴もいて、そういうのでも会社はいろいろと引っかき回されてるらしいし。それで、有力株主が裏で動き始めて、近いうちに先代社長の右腕だった松尾専務を社長にすえる新体制に移行するっていうのがもっぱらの噂だよ」

「へえ」

その有力株主というのは織島昭次郎のことなのだろう。もしかしたら、自分の存在が織島老人の行動に影響を与えたのかも……と一瞬思ったが、そんなことはないだろうとすぐに打ち消した。ああいう立場の人は、もっと大局的な判断をするはずだから。

「なあ、芦溝君よ」古賀が少ししんみりした口調になった。「もしかしたら、リストラされた俺たちの方が幸運だったのかもな」

「かもしれませんね」

「だよな。いや、絶対にそうだよ。残ってたら、ぼろぼろにされてたはずだ」

古賀は、それを聞きたかったとばかりに大きくうなずいて、破顔した。

その日の午後、良郎は自転車で農業用水路を巡り、マブナを釣って回った。マブナは今ぐらいがよく釣れる時期で、タナ（仕掛けを沈める深さ）をあまり考えなくても、すぐに食いついてくる。えさはいつものチューブ入りの練りえさである。釣りの合間にはナズナ、ハコベ、ミツバなどを摘み、ウナギ捕りの仕掛けも沈めて回った。最近、ウナギの捕獲数は減ってきており、この分だと一つの弁当に蒲焼き一切れだけという分量であっても、来年の春まで持たせるのは難しいようなので、何か手を考えなければならない。

自転車でそのまま〔いわくら〕に行き、大将に手伝ってもらってマブナなどの下ごしらえをしてから帰宅した。自転車を停めたとき、勝手口側にある庭の方で人の気配がしたので見に行ってみると、康世が珍しく土いじりをしていた。家を出るときには伸び放題だった雑草もなくなっており、康世はしゃがんで何かの種を植えているようだった。土の部分は広さにして六畳分程度の広さしかないが、一人で草むしりをするのは大変な作業だったことだろう。

「きれいになったね」と声をかけてみると、康世はスコップを持って立ち上がり、「あ痛たたた……」と顔をしかめて腰に両手を当てた。「普段やらないことやったから、明日きそう」

明日、足が筋肉痛になったり腰痛になったりしそうだ、という意味のようだった。

「花の種か？」

「違うわよ。とりあえず、万能ネギとラディッシュの種を植えといた」

何で康世がそんなことをするのか判らず、良郎は「あー？」と聞き返した。

「あと、プランターも買ったから、プチトマトとかカイワレ大根とかも育ててみようかなって思ってるのよ」

「へえ」

「お弁当の材料にと思って」

良郎が口をぽかんと開けていると、康世が片手を腰の横に当てて、ちょっと怒ったような顔になった。

「何が従業員百人ぐらいの会社よ。おじいさんと二人だけでやってる、小さい店だっていうじゃないの」

「あ……」

まずい。ばれてる。

「昨日パート先で、これあんたのご主人のことかって聞かれて、新聞見せられたのよ。私がどんだけびっくりしたと思ってんのよ」

そういえば、昨日の康世の態度はちょっとおかしかった。何か言いたそうな態度で、咳払いをしたり、「やっぱりいい」とつぶやいていなくなったりしていたので気にはなっていたのだ。

あのコラムを読んだせいだったのか。

「……すまん。あんまり心配かけたくなくて」

良郎が頭を下げると、康世のため息が聞こえた。

「ちゃんと言ってくれたらいいのに。夫婦なんだから。違う?」

「違いません。そのとおりです」

見ると、康世は苦笑いのような表情になっていた。

「ま、私もプレッシャーかけるようなことばっかり言ってたような気がするから、お父さんだけが悪いわけじゃないんだけどね。とにかく、私が手伝えることは手伝うようにするから。家で栽培できるものでリクエストがあったら言ってよ」

「すまんな。とりあえず、ネギとカイワレと、あと何だっけ？」

「ラディッシュとプチトマト。ホームセンターの園芸コーナーの人に聞いたら、丈夫な植物なので初心者向きだって」

「じゃあ、他にも思いついたら、また頼むよ。何か手伝おうか」

「いいよ、もうだいたい済んだから」

「そうか」

「ブルーギルっていう魚、美味しいのね」

「えっ？」

「新聞記者の人が書いてたのを読んだら、食べてみたくなってきた」

康世は実際はブルーギルをとっくに食べている。あの白身魚のことだよとこの際説明するべきだなと思ったが、それを言うよりも先に康世が「お弁当屋さん、結構順調なんでしょ？」と聞いた。

「ああ……給料はあんまりよくないけど、何とか生活できるぐらいにはやっていけそうかなって」

「まあ、それでいいんじゃない？　何よりも、お父さんが最近、ものすごく元気になったっていうか、いい顔するようになったから、要するにそれはかなり儲けたってことよ」

「そうかな」良郎は片手で顔をなでた。手がちょっと魚臭かった。「そうだな。確かに儲けたよな。毎日楽しいし」

「私も実は、お父さんのやってることを知って、ちょっと目が覚めたような気持ちになったからね」

康世が笑ってる。妻のこういう顔を見るのはいつ以来だったろうか。そもそも、家にいても長い間、目を合わせたり近くで向き合ったりすることがあまりなかったのだ。ちょっと気恥ずかしくなってきたので、良郎は「じゃあ、俺はクーラーボックスを洗うとするか」と言って、背を向けた。歩き出すと、康世の言葉が追いかけてきた。

「真美、私より先に知ってたみたいよ、新聞のこと」

その日の夜、真美とはダイニングで一度鉢合わせをしたが、特に何も言われなかった。ただ、一瞬だけだったがそのとき真美と視線がぶつかった。真美はめったに良郎と目を合わせないので、何か言いたいことがあるのかなと思ったが、良郎はいつもと同じく、話しかけることはできなかった。

翌日の午前中、良郎が〔いわくら〕の調理場で弁当の準備をしているときに、地元のテレビ局から電話がかかってきて、ひなた弁当のことを三十分番組で放送したいので取材をさせて欲しい、と言われた。テレビに出るのは嫌なので断ったのだが、「そうおっしゃらずにどうかお願いします。リストラされた人たちを励ますことができると思うんですよ」などとかなり食い下がられてしまい、電話を切るまでに十分近く時間を取られてしまった。

20

その日は昼前から小雨が降り始めた。良郎はいつもの場所に、ビーチパラソルを立てて弁当を販売した。天気予報によると、午後は降ったり降らなかったりという状態が続きそうだった。

傘をさして、栗原小奈美が弁当を三つ、取りに来た。彼女は週に二回ぐらいの割合で買いに来てくれている。たいがい電話で二、三人分を予約して、〔フェアメイド〕

の誰かが取りに来る、というパターンだった。

「さっき、ラジオのローカルニュースで聞いたんですけど、王崎ホームの社長、代わったそうですよ。今朝、臨時取締役会があったって」

弁当を渡し、代金を受け取るときに、小奈美が言った。

「へえ。松尾専務が新社長？」

「はい。他の取締役も人事がいろいろあったみたいで。詳しいことはラジオでは判りませんでしたけど」小奈美はそう言ってから、「別にもう、どうでもいいことですけどね」とつけ加えた。

その後、常連客が続けて買いに来てくれた。路上販売を始めたときにウナギの蒲焼きを天然物かどうか疑った男性は、船田《ふなだ》さんという旅行会社勤務の人で、今ではお得意さんになってくれている。彼のPRによって、他にも買いに来てくれる人たちが何人かいる。

新聞社の社会部長、乙柳氏も、部下らしき男性を伴って買いに来てくれた。良郎が気を利かせるつもりで「あのコラムの後、お客さんがまた増えましたよ」と言うと、乙柳氏は「いやいや、中身がいいからですよ、それは。いくら他人が宣伝してもものがよくなかったら売れませんから」と手を振っていたが、やはりうれしそうだった。

元宅地取得課長の古賀も、傘をささずに小走りでやって来て、ビーチパラソルの下に入るなり「王崎ホーム、松尾専務が社長になったよ。二代目は副社長に降格だってさ」と言った。古賀はよほどうれしいのか、興奮した様子でさらに、金田常務が閑職の象徴ともいえる監査役に退いたことや、畑田総務部長が関連会社に飛ばされたことなども話した。良郎が愛想笑いと共に「へえ、そうですか」とうなずくと、古賀は「ざまあみろってとこだよ。天気は悪いけど、心ははればれ」と笑い、「じゃあ」と手を振って行こうとしてからまた戻って来て、「あ、弁当一つ。肝心なことを忘れてた」と財布を取り出した。

この日は常連客の多くが来てくれたが、小雨のせいで一見客《いちげんきゃく》がいつもよりも少なく、午後一時になった時点で弁当が二つ余った。一つは自分で食べるとして、もう一つはどうするか、大将に食べてもらおうか、などと考えながら後片づけを始めたときに、若い女性が目の前で立ち止まった。良郎は相手が誰かすぐに気づかず、営業スマイルで「こんにち――」と言いかけて固まった。

真美は青い傘をさしていた。ジーンズに革ジャンという、男っぽい格好で、肩に大きなショルダーバッグをかけていた。

「ええと」と良郎が口ごもっていると、真美が「今日は午後、臨時休講」と言った。

「あ、そう」

そういえば、真美が通っている予備校はここから西に一キロ程度の場所である。

「ここで売ってるんだ」

真美はスクーターやビーチパラソルなどを観察するように見てから、周辺も眺め回した。

何か用か？　と口にしそうになったが、飲み込んだ。そう聞いたら、「別に」と言われて、さっさといなくなってしまいそうな気がした。もしかすると、ここに来た特別な理由があるのかもしれない。

「新聞に載ってたね」

「ああ……」

「すごいじゃん」

「そうか？」

「私の友達が、すげえって言ってたよ」

すげえという表現を聞いて、それを言ったのは、バッティングセンターで見かけたあの男の子かなと思った。だとすると、ボーイフレンドにほめられて、真美もまんざらでもなかった、ということだろうか。

しばらく間ができた。

「今から、店に戻るの？」

「ああ、そうだけど、別に急がなきゃならないってことはないよ。昼飯も食ってないし。あ、お前、昼飯は？」

「まだだけど」

真美は少し顔をしかめた。まさか、私とどっかで一緒に食べようって言うつもりじゃないでしょうね、という感じの牽制《けんせい》が表情に見て取れた。

「よかったら、一個やるけどどうだ？　今日はちょっと余っちゃったから」

良郎がスクーターの荷台から弁当を一つ出して差し出すと、真美は「もらっても、どこで食べればいいのよ」と聞いた。

「ええと」良郎は背伸びをして、児童公園の植え込みの隙間から中を覗いた。「その公園に屋根つきのベンチがあるんだけど……」

「お父さんも、そこで食べるつもりだったわけね」

「え？　……ああ、まあ……」

真美はショルダーバッグを肩にかけ直し、少し間を置いてから言った。

「余ったんだったら、食べなきゃもったいないよね」

「ああ、もったいない」

「くれるんでしょ？」

「おう、もちろん」

真美は「じゃあ食べる」とうなずいた。父親と昼食を共にする大義名分が見つかって、ほっとしたような感じに見えた。

二人で向き合う形で弁当を食べた。真美は最初のうち、「これは何ていう野草なの？」などと、おかずについていろいろ質問してきたので、良郎はそれに答えていたが、途中で会話は途切れた。ときおり、ハトが飛んで来て足もとをうろついたので、良郎が「ごはんをやったら喜ぶよ」と教えてやると、真美はご飯粒を与えて「あ、本当だ」と笑った。

食べている間、真美は「美味しい」とか、「旨い」といった言葉は口にしなかったが、ハトに与えた多少のご飯粒以外はすべて食べた。良郎は、こうやって真美と二人だけで食事をする機会なんて、もしかしたらこれが最初で最後かもしれないな、とふと思った。

真美は缶のお茶を少し飲んでから「お父さんは本当は、男の子が欲しかったんだよね」と言った。

「え」

「だいぶ前だけど、浜のおじちゃんとかが来たときに、そんな話してたから。私、まだ小学生だったけど、はっきり覚えてる。二人目は男の子が欲しかった、一緒にキャッチボールとかしたかったけど、また女の子だったのでがっかりしたって。覚えてない？」

正直、覚えていなかった。男の子が欲しいと思ったことや、康世にもそんな話をした記憶はあるが、真美本人の前でそんなことを口にしてしまっていたとは……。浜のおじちゃんというのは、隣県に住んでいる康世の実兄、つまり良郎にとっては義兄で、あのときは親戚の葬式について義兄が話をしに来たついでに酒を飲んで、酔いもあってそんなことを口走ってしまったのかもしれない。

「すまん。覚えてないよ。でも――」

「別にいいよ、昔の話だから」真美は遮《さえぎ》るようにそう言い、苦笑した。「そのときはショックだったけどね」

「悪かった」

「だからいいって」

もしかしたら、真美が反抗的な態度を取るようになった一因になったのかもしれないと思うと、口を滑らせただけ、と済ませられることではなかった。

いや、そうではないだろう。良郎は心の中で頭を振った。ずっと仕事仕事でやってきて、娘との対話から逃げてきたことこそが最大の原因だったはずだ。

「今の話はね、ただの前ふり」真美は少しだけ舌を出して見せた。「頼みごとをしやすくするためだから」

「はあ？」

真美はもう一度お茶を飲んでから、口もとを手の甲でぬぐった。

「お姉ちゃんが公務員試験を受けることにしたっていうの、知ってる？」

「ああ」

栄美本人から言われてないが、康世から聞いていた。いくつか受験するつもりで試験勉強を始めたらしいが、本命は加江瀬市役所だという。

「最近、お母さんがさ、私にもお姉ちゃんみたいに公務員目指せって、遠回しに言ってくるのよね。はっきりとした言い方はしないんだけど、お姉ちゃんをほめたり、公務員やってる知り合いの人の話を持ち出して、やっぱり安定しててていいとか、どうとか」

「ふーん、そうか」

康世がそういう感じで真美に圧力をかけるというのは容易に想像できた。

「私さ、美容師になりたいんだ」

「へ？」

「普通の会社員とか公務員とかだったら、どういう仕事させられるか判らないんでしょ。営業したくないのに営業をさせられるとか、逆に、外回りを希望したのにデスクワークをさせられるとか。場合によっては、向いてない仕事、気が進まない仕事もしなきゃいけないじゃない、上の命令一つで」

「まあ、そうだな、それは」

「だから最近、いろいろ考えてさ、私はやっぱりスペシャリストを目指したいんだって自分で気づいたわけ」

「でも何で美容師なんだ。他にもスペシャリストはいろいろあるだろう……栄養士とか、図書館司書とか、歯科衛生士とか」

「資格試験の本とか、いろいろ目を通してみたんだけど、どうもピンとこなくてね。でも、美容師だったらリアルに想像できるから。私がいつも行ってるお店の人、カットとかが上手なだけじゃなくて、雑学があるっていうか、いろんなお客さんに話合わせることができてすごいんだ。ファッションのこととか、流行《はや》りのドラマのことだけじゃなくて、もっといろいろ知ってて。ときどき、お年寄りの施設とかにも出向いて、ボランティアでカットしたり。私、その人を見てるうちに、美容師って髪を切ったり染めたり洗ったりするだけじゃなくて、お客さんをリラックスさせてあげたり、元気にしてあげたりする仕事なんだなって判ってさ、私も目指してみたくなったんだ。それに、美容師って、いくら景気が悪くなっても必要な仕事だから、ぜいたく言わなければ食べていけるでしょ。一部の人を除いて、髪って誰でも伸びるものだし」

「美容師ねえ……」

良郎は散髪屋でしか髪を切ったことがないので、美容師の仕事というのは今ひとつぴんとこなかった。しかし、女性客が多いわけだから、カットなどの腕前だけでなく、おしゃべりの相手、というのもかなり重要な仕事になってくるだろうことは想像できた。

思ってるほど甘い世界じゃないぞ、と言いたかったが、我慢した。真美とこんな風に話ができているだけでも奇跡的なことだ。余計な一言でそれが終わってしまうのは、もったいない。

「お父さんにも責任、あるんだよ」

真美は少し口をとがらせて言った。

「どういうことだ？」

「南蛮漬け。甘露煮。お父さんが作ったのを食べて、美味しくってびっくりしたんだ」

「ああ……」

「お父さんて、料理とかする人じゃなかったじゃない。なのに急にそんなこと始めてさ、食べてみたら美味しかったし、ちょっと衝撃だったよ」

「そんな大袈裟《おおげさ》な」

「大袈裟じゃないって。私、お父さんってサラリーマンの仕事しかできない人だと思ってたから。そんなお父さんでも、やる気になったら全然違うジャンルのことができも。言ってるよ。いっそ持ちが強くなって、そういうのを目指して美容師になりたいっていう気持ちが強くなって。言っとくけど、今マスコミとかが持ち上げてるカリスマ美容師とか、そういうのを目指してるんじゃないから。地味だけどお客さんを元気にしてあげられるような美容師になりたいの。ちゃらちゃらした気持ちじゃないよ、本当に」

「お母さんには、その話はまだしてないのか？」

「うん」真美はうなずいた。「それで、お父さんに頼みたいのは、お母さんを説得するときに協力して欲しいってこと。今のところ私、普通の大学の文系に進むってことで予備校に行ってるじゃない。だから、やっぱり美容師の専門学校に入るとか言ったら、今までの学費が無駄になるとか、どうせ続かないとか、気が変わってからでは遅いとか、反対されるのが目に見えてるわけよ。そこでお父さんが、まあまあとたしなめて、あの子も案外真面目に考えてるみたいだからって、援護射撃をするわけ。それで一件落着、ね」

要するに真美がわざわざここに来たのは、そのための根回しだったわけか。だがそれでも、この子から頼りにされた、しかも康世よりも先に相談してくれたというのは、なかなかいい気分だった。

父親としての点数の稼ぎどき、ってところか。

「判った。お前のシナリオどおりに動いてやるよ」

「ありがとう。じゃあ、今夜にでも切り出すから、よろしくね」

真美が笑ってる。娘のたっての頼みを断るわけがない、こうなって当たり前、という感じの自信満々の表情だった。

その日の夜、良郎が風呂から上がって寝間着代わりに使っているスウェットの上下を着ている最中に、康世がドアを少し開けて「お父さん、ちょっといいかしら」と言ってきた。

きたな。良郎は、にわかに心臓が高鳴るのを感じながら、平静を装って「何？」と聞き返した。

「真美が急に、普通の大学に進学しないで美容師の専門学校に行きたいって言い出したのよね」

「へえ、美容師」

良郎は、表情を見られないよう、バスタオルで頭をごしごしこすった。

「でも、美容師の資格を取ったからって、楽に仕事が見つかるわけでもないし、仮に見つかっても結構きつい立ち仕事でしょ、続かないんじゃないかって私言ったんだけど、真剣に考えて決めたって言い張ってるのよね」

「ふーん」

「どう思う？」

良郎は頭をこすりながら「そうだなあ……」と間を持たせ、「お母さんはどう思ってるの？」と聞いてみた。

「続くかどうか判らないけど、あの子が自分の進路についてこれをしたいって言ったのって、初めてのことだから、できれば尊重してあげたいって、私は思うんだけど」

良郎は、がくっと片膝を折りそうになった。何だ、反対じゃないのか。

「ふーん」

「一応、お父さんに相談してみるって言って、返事は保留しておいたんだけど、いいかしらね、進みたい方に進ませるってことで」

「そうだな。真美は言い出したら聞かないところがあるからなあ」

「そうなのよね。じゃあ、何日か待たせて少しじらしてから、オーケーの返事をするってことでいい？」

「ああ、いいよ、それで」

「あ、そう。お父さん、反対すると思って私、どう説得しようかっていろいろ考えてたんだけど、あっさり了解したわね」

頭をこするのをやめて顔を上げると、洗面台の鏡越しに目が合った。

「そりゃあ、お前……本人がそうしたいっていうのなら、いいんじゃないかな」

「どうして美容師なのかって、聞くと思ったんだけど、聞かないわね」

少し疑うような康世の視線。良郎は咳払いをした。

「多分、あれじゃないかな。真美はきっと、普通の会社員とか公務員とかになったら、どういう仕事をさせられるか判らない、不本意な仕事でもやらなきゃならないけれど、美容師だったら職場がどこであれ、やること自体は決まってるから。そういうスペシャリストになりたいと思ってのことなんじゃないかな。まあ、美容師じゃなくってもスペシャリストの仕事ってのはいろいろあるんだろうけど、真美はほら、髪形をよく変えたり、割とおしゃれ好きみたいだし」

康世が目を丸くして良郎を見返していた。

「お父さんて、娘のことに無関心だと思ってたけど……案外いろいろ気づいてたのね。へーえ」

「何言ってんだよ、親子なんだから、それぐらい……」

「ふーん」康世は感心した様子で何度かうなずいてから、「じゃあ、いいわね、そういうことで」と言い残していなくなった。

何だよ、父親の出番は結局必要なかったわけか。良郎は、鏡に映っている陽焼けした中年男を見返して、力なく笑いかけた。

21

十二月に入って最初の日曜日は、十一月上旬並の気温で天気も上々だった。

午前中、良郎はディパックや釣り竿を自転車の荷台に載せて出かけた。日曜日は基本的に弁当の販売は休みだが、暇なので、新たな釣り場や野草ポイントを探し回るために市内を回るようにしている。この日は、加江瀬川周辺の農業用水路のうち、今まで行ったことがない場所に竿を出したり、周辺の土手などで野草を探したりするつもりだった。

幅が広い水路で、長い竿を出している年輩男性がいた。良郎が自転車を停めて、「フナですか？　釣れてますか？」と声をかけてみると、「寄せえさを使ったらまあまあ釣れるよ」と言い、水中から魚籠《びく》を引き上げて、見せてくれた。マブナやヘラブナがおよそ十匹。食べるんですかと聞いてみたところ、釣果《ちょうか》を確かめるためにいつも魚籠にためるけれど帰るときには逃がしている、とのことだった。良郎と男性はさらに、知っているポイントをいくつか教え合うなどしてから手を振って別れた。

加江瀬川の、コンクリートで固められていない川岸のそばを通ったときには、乙柳氏の息子、弘人君が、小学生ぐらいの男の子二人に、川面《かわも》を指さして何か教えてやっているところに遭遇した。男の子たちがでたらめなやり方で釣れずにいたので声をかけたのか、あるいは教えを請われたか、どちらかだろう。リールつきの竿を持った男の子たちは、弘人君の言葉にさかんにうなずいていた。

弘人君が良郎に気づき、笑って手を振ってきた。良郎も振り返して、背後を通り過ぎた。いつか彼が管理釣り場を作ったら、是非遊びに行かせてもらおう。

上流に向かって自転車を漕いでいると、英国紳士風のいでたちの老人が土手の急斜面を這《は》うようにして登っていた。王崎ホームの大株主、織島昭次郎氏だった。片手にスコップを持ち、もう片方の手にはポリ袋があった。

良郎が自転車を停めて「こんにちは」と声をかけると、織島老人が見上げて「よお」と笑い、ポリ袋を持ち上げて見せた。ノビルらしき葉が見える。

「この辺りは急斜面ですから、気をつけてくださいよ」

「大丈夫、大丈夫。ノビル探しを始めてから、足腰が丈夫になってきたよ」

良郎は笑ってうなずきながら、彼の散歩コース周辺でノビルを取るのはやっぱり無理だなと思った。

織島老人と別れた後、良郎は土手や空き地などを巡って、ナズナ、ハコベ、ミツバ、タンポポなどを摘み、ときおり農業用水路でマブナを釣った。

ついでにオイカワも釣ることにし、小布施川に行ってみると、良郎に釣りを教えてくれたあの男性が、橋の近くで竿を出していた。

男性は良郎に気づくと、「あっ、いたいた」と指さした。何だろうと思いながら自転車を停め、「こんにちは」と頭を下げると、男性は竿を足もとに置いて「あなたを探してたんですよ」と言い、コンクリート護岸を登って来た。

何か用があるらしいので、良郎は自転車から降りた。

「あなた、芦溝さんていうんでしょ、お弁当屋さんで」

新聞を読んで知ったのだろう。良郎は「ええ」とうなずいた。

「釣った魚を食べるところまでは普通だけど、それで弁当屋をやるっていうのはすごいよね。いろんな野草も摘んで、材料にしてるんでしょ」

男性は妙にうれしそうに、にやにやしていた。

「ええ、まあ」

「いや、すごい、すごい。そんな手でリストラから立ち直るなんてねえ」

「はあ、どうも」

「でさぁ、実は頼みたいことがあるんですよね」

「は？」

すると男性はポケットから財布を出して、一枚の名刺を抜いて寄越した。

肩書きなどはなく、名前と、電話番号だけの名刺だった。その名前には記憶があったが、思い出せない。

「私、実は、もの書きをやってる者なんですがね」と男性は言った。「あなたをモデルにした小説を書かせてもらいたいんですよ」

「えーっ」

良郎は名刺と男性を見比べて絶句した。そうだ、この名前は確かに、市内在住の作家さんだ。新聞の地元欄とか、市立図書館の〔加江瀬市ゆかりの作家〕コーナーなどで説明パネルを見かけた覚えがある。この人が書いた小説を読んだことはないが、ミステリー、サスペンス、ファンタジーなど、いろいろ書く人のはずだ。

市内にそういう人がいるということは知っていたが、この男性のことだったとは……。

男性がさらに何かしゃべっていることに気づき、良郎は「え？」と問い返した。

「出版社の人にあなたの話をしたら、それで行きましょうって、乗り気になってくれてるんですよ。私自身も是非書きたいんで、どうかお願いします」

男性が頭を下げた。

困ったなあ……良郎は、男性から視線を外し、空に目を泳がせた。

そういうことで目立つのって、何だか嫌なんだよなあ……でもこの人、恩人であることは確かだしなあ……。

男性がさらに「海釣り、今度教えてあげましょう」と、たたみかけるように言った。

「は？」

「海の釣りですよ。ここからだと車に乗らなきゃ海にはちょっと出られないけれど、加江瀬川の河口付近は結構ポイントがあるんですよ。これからの季節だったらアイナメでしょ、カワハギでしょ、メバルでしょ。あと、カサゴだったら一年中釣れるしね」と男性は指を折る。「遠投できる竿を使えばカレイなんかも釣れますよ」

「へえ、そうなんですか」

「温かい季節になったら今度はチヌ、アジ、シロギス、ハゼ。ね、いいでしょう」

この辺りからだと海に出るには少し距離があったし、淡水魚の釣りだけで何とか食材を確保できていたので、考えてなかったが、確かに海に行けばさらにいろんな魚がいるはずだ。距離があるといっても、自転車では遠過ぎるというだけで、車を走らせれば三十分ぐらいで行ける。ウナギの備蓄も春まで持たせるのは難しいと思っていたところだし、海の幸が手に入るなら願ったりかなったりだ。

それに、この人には恩返しをしなきゃいけないし……。

「あの……私の本名を出すおつもりなんでしょうか、その、小説の中で」

「芦溝さんご自身が本名で出ることを希望されるのならそうしますし、希望されないなら架空の名前にします」

「あ、じゃあ、架空の名前でお願いできますか」

「ということは、基本的にはご了解いただけるということですか」男性はほっとしたような笑顔になった。「ありがとうございます」

「あと、できたら場所も、架空の地方都市ということにしていただけませんか。具体的な地名が出ると、いろいろと特定されやすくなっちゃいますんで」

「あー、場所もですか」男性は少し考える表情になったが、すぐに「ええ、それで構いませんよ、はい」とうなずいた。

まあ、そういうことならいいか。読んでみたい気もするし。

良郎が「判りました。じゃあ、そういうことで」と言うと、男性が「どうも、どうも、ありがとうございます。じゃあ、またあらためて取材というか、話を聞かせてもらったりしたいんですけど、それは一緒に海釣りをしながら、ということにしましょう」と握手を求めてきたので、良郎も右手を差し出した。

手がしびれるほど力強い握手だった。

翌日の月曜日も好天だった。午前中、良郎が「いわくら」の調理場で大将と一緒に弁当の準備をしているときに、市内の小学校から電話がかかってきた。小学校高学年の児童たちに縄文時代の暮らしについて学習する一環で、ドングリを食べさせてみたい、ついては協力してもらえないか、という内容だった。ドングリなら、酒の肴用にたっぷり備蓄してあるので、提供してもいいし、時間の都合がつけば出向いて調理方法などについて話をしてもいいと答えると、電話をかけてきた女性の先生ははずんだ声で「ありがとうございます。では後日あらためて連絡しますのでよろしくお願いいたします」と言っていた。

だが、次の電話は後日ではなく、一時間も経たないうちにかかってきた。今度は女性の校長先生からで、地元テレビ局のカメラを入れてもいいか、というものだった。良郎は、申し訳ないがテレビに出るのは気が進まないのでそういうことなら勘弁してもらいたいと言うと、校長先生はあわてた様子で、ではカメラは入れないので是非ドングリ講座をお願いしますと言った。

仕事を再開させてしばらく経ったところで、今度は新聞社の乙柳氏から電話がかかってきた。「商工会の知り合いから頼まれた話なんですが」と前置きして、ひなた弁当が誕生する前後の話を中心に是非講演して欲しいのですが、と言われた。

大勢の前で話をする、というのは気が進まなかったので、「申し訳ありませんが、私は口べたなもので……すみません」と答えたが、乙柳氏は引き下がらなかった。

「芦溝さん、商工会の役員たちから、どうしても了解してもらって欲しいと言われてるんです。それに、芦溝さんの体験は、より多くの人たちに知ってもらうべきだと、私は思うんです。リストラされたり、事情があって失業したり、不本意な仕事に代わった人たちが、たくさんいます。そういう方々を、芦溝さんのお話で、励ましてあげて欲しいんです」

「いやいや、私の話なんか、人様の参考にはなりませんよ」

「そうご謙遜なさらずに。商工会の中ではもう、芦溝さんの話で持ちきりなんですよ。経営が傾いた会社を再建するノウハウにも通じるし、何よりも、誰もやったことがないことをやるという発想がすばらしいと。講演会と聞いて身構えてらっしゃるかもしれませんが、目の前にいる知り合いに話すように、芦溝さんご自身の言葉で語りかけてもらえればいいんです。気楽に考えていただけませんか」

「はあ」

「お弁当屋さんという、不特定多数の人々と接する仕事をなさってるわけですから、人前で話をすることは、何かの役に立つんじゃないでしょうか」

「まあ、そうかもしれませんが……」

「芦溝さんの体験は、多くの人に知ってもらうべきですよ。どうかお願いします」

「……まあ、自分の言葉で好きなように語らせていただけるのなら……」

「ありがとうございます。では日程などについてはまた後日、お知らせ致しますので、よろしくお願いします」

そして乙柳氏が「ちなみに」と前置きして口にした講演料は、予想外の結構な金額だった。良郎が「えっ、そんなに」とつい漏らすと、乙柳氏は「それぐらいは相場ですから」と言った。

それで話は終わりかと思ったが、乙柳氏はさらに、「それから、商工会のメンバーに、旅行会社の支店長がいるのですが、芦溝さんをガイド役にお願いして、食べられる野草を見つけるウォーキングイベント、という企画を考えてるそうなんです」と続けた。

「ウォーキングイベント、ですか」

「はい。バスツアーの中に組み込んで、そういう企画をやってみたいと言ってましてね。年配のバスツアー利用者の方々のニーズというのは実に多彩で、今では単に観光地を巡るだけの企画では、すぐにそっぽを向かれるそうなんです。そんな中、ハイキングやウォーキングを組み込んだツアーは割と評判がよくて。参加者同士が楽しく話しながら歩く、というのが、友達ができてうれしい、健康にもいいし夕食も美味しい、ということとなんでしょう」

「へえ」

「ですから私も支店長のアイデアを聞いて、芦溝さんからレクチャーを受けながら、食べられる野草を探す、というのは、当たると思いましたね。そちらの件も、どうかご検討いただけませんか」

「はあ」

「芦溝さんの商売に影響しないよう、県外で、それも日帰りのバスツアーに組み込む方向で計画を練ってるそうです。お休みの日曜日を利用しての、副収入になると思うのですが、いかがでしょうか」

何だか、上手く言いくるめられそうな流れを感じた。良郎は苦笑交じりに「面白いことを考える方がいらっしゃるんですね」と応じた。

「後日またその件についても、あらためてご説明とお願いをさせていただくことになるかと思いますので、どうかよろしくお願いします」

「ええ、まあ、検討はさせていただきます」

「ありがとうございます。いやあ、実を申しますと、講演会に講師を派遣する会社からも、芦溝さんの連絡先を教えて欲しいと問い合わせが来てるんです」

「は？　どういうことでしょうか」

「つまり、講師としての登録をしてもらって、コンスタントに各地で講演をしていただきたい、ということだと思います」

「えーっ」

「いやいや、今すぐに決める必要はありません。とりあえずは商工会での講演をなさってみて、案外できるもんだな、という感触をそこそこ得ることができれば、考えてみていただく、ということで。もちろん講演でお話しいただく内容は毎回、同じで構いません。話す場所、話す相手が違いますから。一度やったら、二度やるのも三度やるのも同じですし、自然と話術も磨かれると思いますよ。まあとにかく、まずは商工会での講演、何とぞよろしくお願いします」

押し切られるようにして承諾させられて電話を終えて良郎は、ふう、とため息をついた。

これは、乙柳氏の遠回しな形での返礼なのだ。良郎はそう理解した。

毎回、弁当は完売しているといっても、作る数は知れてるので、収入はかつかつだということとは、誰の目にも明らか。そこで乙柳氏は、息子が世話になった礼のつもりで、副収入が得られる話を持ち込んでくれたのだ。

確かに、今の収入ではちょっと心許ない。テレビ出演は嫌だが、ときどき講演やガイドをやらせてもらうは、ありがたい話として、受ける方向で考えてみるか。あんまり忙しくなるのは困るけれど……。

昼にいつもの場所で弁当を販売した。その間、どこかから妙な視線を感じていた。気のせいかなと思ったのだが、少し離れた木陰から、こちらの様子を窺っている男性がいることに気づいた。相手は一人で、やせていて、着古した感じのスーツを着ている。年齢は良郎と同じぐらいか、もう少し若いぐらいだろうか。彼の行動は不審だったが、それにしては危険な人物、という感じではなかった。実際、良郎が見るたびに男性は、おどおどした感じで隠れていた。

何だ、ありゃ？　気にはなったものの、仕事をしなければならないので良郎は無視することにした。

この日も常連客によって三十個以上が売れ、残る弁当も一見客が全部買ってくれた。向こうの木陰にいる男性は、最後の一個が売れてもまだ隠れていたが、良郎が撤収作業を始めるとようやく、おそるおそるという感じで近づいて来た。

やせているだけでなく、やつれているように見えた。表情は暗く、短い髪は寝癖なのか、少し乱れていた。

良郎が「あのー、何か？」と声をかけると、男性は、弾かれたように駆け寄って来て、良郎の前に土下座するような格好になった。

「お願いでございます、私をどうか先生に弟子入りさせてくださいっ」

はあ？

聞き間違いではないかと思って、訳が判らないまま返事をしないでいると、男性が顔を上げた。目が充血している。

「新聞やインターネットで先生のことを知りまして、悩んだ末に、恥を忍んで参りました。どうか私を先生の弟子にしてくださいっ」

「えーと、私はただの弁当屋なんですが……」

「いいえ、先生はただの弁当屋ではありません。私も先生のように、自分で魚を釣って、野草を採って、弁当を作って売りたいのです。このまま、負け犬の人生で終わりたくないんです。どうか先生、お力添えを」

この人もリストラされたんだ。それで追い詰められてるんだ。良郎は、少し前の自分が目の前にいるような気がしてきた。

「要するに、弁当屋の仕事を手伝いたい、ということでしょうか」

「はい。先生に張りついて、学べることはすべて学ばせていただきたいのです。もちろん、先生が魚を釣ったり野草を採ったりする場所を荒らすようなことは絶対に致しません。私は先生から教わったことを、自分が住む土地で実践したいだけなんです。なにとぞ、お願いいたします」

「まあまあ」良郎は、さらに頭を下げる男性の肩を軽く叩いた。「そんなことをされたら、話もできません。どうかお立ちになってください」

良郎は男性の片腕をつかんで立たせた。

その場で少し話をした。男性は、ここから特急に乗って二時間ほどかかる隣県に住んでいる人で、建設会社で営業の仕事をしていたけれど二か月前にリストラに遭い、抵抗したものの研修名目で自分の欠点についてレポートを書かされたり草むしりを延々とさせられたりといった屈辱的な日々が続き、とうとう心が折れて退職したという。その後は再就職先を探したがどこにも相手にしてもらえず、死にたいと思うようになったときにインターネットで良郎の活動を知り、新聞のコラムも読んで、そうか就職しなくても元手がなくても生きてゆく方法はあるんだと、救われた気持ちになった、とのことだった。

良郎は、うなずきながら聞いた後、静かに言った。

「申し訳ありませんが、私は弟子を持つような立場の人間ではありません。そういうのはお断りします」

男性は表情を強張らせ、両手に拳を作ってうつむいた。

「でも、私がやってることを見物したいというのなら、別に構いませんよ。盗めることがあったら盗んでってください」

男性の表情に血の気がさしてきたようだった。彼は絞り出すようにして「ありがとうございます」と言い、拳で目の周りをぬぐった。

いつの間にか雲が張り出して来たようで、太陽が隠れ、辺りが少し暗くなった。と思っていると、その雲の隙間から太い光の帯が漏れて、ビル街の向こうに降り注いだ。

そのうちに、この人を誘ってバッティングセンターに行こうかな。うん、行こう。

なぜかそんなことを考えた。

良郎は、男性に微笑《ほほえ》みかけた。

「人生って、いいものですよ。私はこの年になってやっと、それに気がつきました。あなただって、まだまだこれからです。意地を見せてやりましょうよ、ね」

男性の両目の瞳に映っている中年男は、確かに、その辺にいる男性たちよりもきりっとしていて、堂々としていて、悪くなかった。

あとがき

もう三十年以上前になるが、たまたま見たテレビの報道番組がとても印象的で、その後もずっと気になっていた。

ニューヨークのセントラルパークに自生する、さまざまな野草を食べて暮らしているという、仙人みたいなおじさんを取り上げた番組だった。髪やひげを伸び散らかして、着古したコートをまとったおじさんだったが、ホームレスというわけではなく、せまいアパートで一人暮らし。取材当時は既に、ほとんど野草しか食べない生活を続けている、とのことだった。

この野草おじさん、周囲から奇異な目で見られつつも、そこは自由の国アメリカ、面白い人がいるぞ、という評判の方が勝り、やがてちょっとした名物になった。だが平穏な日々はあるとき突然に破られ、野草おじさんは警察に逮捕されてしまう。ニューヨーク市の所有物である公園の植物を盗んだ、という容疑だった。

市の予算で植えた植物ならともかく、勝手に自生していた野草である。野草おじさんの知人女性が逮捕に憤慨し、マスコミ各社に連絡して事件を報じてもらい、ニューヨーク市当局を非難するキャンペーンが展開された。結果、多くの人々から抗議が殺到して、野草おじさんは早々に釈放されたのだった。

この話にはさらにオチがあり、野草おじさんはその後、嘱託職員のような扱いでニューヨーク市に雇われ、セントラルパーク内で食べられる野草についてレクチャーするガイドの仕事を得たという。

既にお気づきのように、この野草おじさんの一件が後に本作を書く遠因となるわけだが、なぜ長い間、私の頭にこびりついていたのか、それにはわけがある。

今でこそ私は、趣味で長年続けているウエイトトレーニングのお陰で他人から「ラグビーか柔道でもやってるんですか」と聞かれるような体格を維持しているが、子どもの頃はひょろひょろにやせていて、スポーツもあまり得意ではなく、しょっちゅう貧血を起こしたり吐いたり下痢《げり》をしたりという虚弱体質だった。そのせいで強い人間になりたいという願望は人一倍で、小学生のときはブルース・リーにあこがれて手製のヌンチャクを振り回して何度も頭にこぶを作ったものである。そして中学生になるとヘラクレスのような肉体と華麗な空中殺法、そして反則をしない紳士的なファイトのプロレスラー、ミル・マスカラスの大ファンになり、自分もマスカラスのようになるんだと心に誓って、誕生日にブルワーカー（当時流行《はや》っていたアメリカ製のトレーニング器具）を購入して、自己流ながら身体を鍛え始めた。

しかし、身体と心の成長と共に、ある疑問がよぎるようになる。単に筋肉がすごいとか、ファイトが格好いいとか、そういうことだけが強さなんだろうか。人間いくら強くなってもトラやカバを素手で倒せはしないし（ムツゴロウさんみたいに仲良くなることは可能かもしれないが）、いくら強くても事故や病気で命を落とすことは、まあある。だったら強くなることにたいした価値などないのではないか。

記憶がちょっとあいまいで恐縮だが、高校一年のときに読んだ吉川英治先生の『宮本武蔵』の中にも、武蔵が日観和尚から、お主は強すぎる、もっと弱くなれ、と指摘される場面があった。それは、お前のように殺気を放ってばかりいるとむやみに刀を抜く局面ばかりが増えて、周りが敵だらけになって自分の命を縮めるだけだぞ、それがお前の目指す道なのか、という問いかけだった。実際、敵が増えれば、寝込みを囲まれたり、だまし討ちに遭う危険性も増える。誰もが正々堂々と正面から戦いを挑んでくれるわけではない。やがて武蔵は、無益な争いを避けるようになり、剣術修行のさらなる奥へと分け入って、新たな道に踏み出す。そして、数々の絵画や工芸品の創作を手がけ（そのうちの何点かが重要文化財に指定されている）、集大成として、現代でも人生の指南書として読み継がれている、あの『五輪書』を著したのである。

そんなことを考えていた時期に出会ったのが、冒頭で紹介した報道である。野草おじさんはトレーニングとは無縁の締まりのない体形で、見るからにケンカなんか苦手そうだった。でも、何も持たずに無人島に置き去りにされたとしても、あのおじさんはきっと、たくましく生き残るに違いない。地位や財産に守られていなくても、一人で立派に生きていける強さ。そういう、世間一般で言うところの単純な強さとは別種の強さを見つけたから、ずっと私の頭の隅にこびりついていたのである。

本作の主人公、芦溝良郎も、追いつめられた末に、本人も気づいていなかった潜在能力を発揮し始めて、少しずつ強い人へと変貌してゆく。彼なら、細い道で他人と遭遇したときは間違いなく、控えめな笑顔で相手に道を譲るはずである。強い方が「どうぞ」と譲ってあげることは、当たり前のことなのだから。

強いからこその優しさ。見習いたいものである。

二〇一六年十二月

山本甲士

本書のプロフィール

本書は、二〇一一年九月に刊行された中公文庫の同作品に「あとがき」を加えて再文庫化したものです。

小学館文庫

ひなた弁当《べんとう》

著者　山本甲士《やまもとこうし》

二〇一七年二月十二日　初版第一刷発行
二〇二三年六月七日　第二十刷発行

発行人　石川和男
発行所　株式会社　小学館
〒一〇一-八〇〇一
東京都千代田区一ツ橋二-三-一
電話　編集〇三-三二三〇-五八一〇
販売〇三-五二八一-三五五五
印刷所――中央精版印刷株式会社

この文庫の詳しい内容はインターネットで24時間ご覧になれます。
小学館公式ホームページ　https://www.shogakukan.co.jp

ISBN978-4-09-406331-8